U0028188

龍雲
作品

龍雲
作品

龍雲
作品

龍雲
作品

驅魔教師
06
血戰
B.c.N.y.——繪
龍雲——著

第章・口信

1

十多年前，頑固廟廳堂外面走廊——

六個男子半蹲在走廊上，看起來就好像一群被處罰的學生一樣，高舉著椅子排成了一排。

在這一排半蹲男子們的對面，還有幾張椅子擺在那裡。

六個男子早就因為手臂痠痛而面目鐵青，其中有幾個人還因為已經快要不堪負荷，雙臂一直在發抖。

這時，從廳堂的門口又走出來一個男子，看到了這六個人，臉上露出了無奈的表情。

男子什麼話也沒有多說，默默地走到了放置椅子的地方，拿起一張椅子之後，來到隊伍的最前頭，然後跟其他六個人一樣，將椅子高舉，半蹲下來。

「掛在那裡？」原本排在最前面的男子問道。

「……天滅魔。」男子淡淡地回答。

此話一出，整排半蹲的人臉上都浮現出笑容，因為他們也全部都是死在這個口訣上，

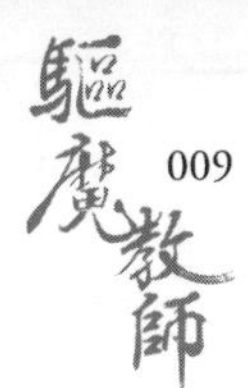

才會在這邊舉椅子半蹲。

這時候的南派掌門是劉易經，頑固廟也還沒有被人稱為頑固廟，而這七個半蹲男子則是劉易經的弟子，因為此時的劉易經已經頗具盛名，所以就連他底下的這七個弟子也算是小有名氣。

這時候的劉易經不論是實力還是名聲都如日中天，縱使平常忙於其他事務，每個禮拜一還是會撥空把所有弟子集合起來抽考口訣。

像這樣七人全部陣亡的場面，其實並不算常態，畢竟要讓七個資質不一的人都沒辦法背誦出完整口訣也不簡單。可是只要抽考到天滅魔的口訣，每次都可以讓七人全部陣亡，這完全是因為滅陣的口訣實在太過於繁雜了。

要說這一段口訣是七人心中永遠的痛一點也不為過，這已經是他們不知道第幾次因為天滅魔的口訣半蹲在這裡了。

就在七人彼此互看，臉上露出無奈的笑容時，又有一個男子從廳堂門口走了出來。走出來的男子漲紅著臉看了七人一眼，七人也看到了男子，臉上的笑容瞬間消失。那走出來的男子默默地去拿張椅子，然後走到七人最前面，跟七人一樣高舉著椅子蹲了下來。

氣氛頓時變得有點尷尬，畢竟這個剛走出來的男子，身分比這七個人都還要高上一階。

這人不是別人，正是後來繼承南派掌門的頑固老高，他身分是劉易經的師弟，也是這一排七個人的師叔。

由於劉易經與頑固老高的師父死得早，頑固老高還來不及學會所有的口訣，師父就已經去世了，因此劉易經也算是兄代父職，代替師父將頑固老高還沒有學會的口訣傳授給他。因此基本上來說，頑固老高跟這七名弟子在本質上並沒有太大的不同。

頑固老高一樣要聽令於自己的師兄，當背誦口訣出錯，也同樣要接受懲罰。

當然，讓頑固老高會在這裡半蹲的原因也跟其他七人一樣，都是天滅魔的口訣出錯，才會有這樣的結果。

方位搭配時辰，加上魑魅魍魎的出沒時刻，光這幾個組合就夠他們背了。

而且比起其他口訣，類似天滅魔這類的口訣，幾乎沒有任何可以實戰的機會。

畢竟自然生成的滅，在歷史上都算少數了，要人為佈下滅陣，又需要法力高強的道士才有可能做得到，而且因為滅陣的殺傷力太大，又是無差別傷害，可以讓整村或整個區域的人全部受難，因此真正會使用的人，真的是少之又少。

這些弟子根本沒有任何機會去接觸，在少了實務經驗的支持之下，剩下的就只有死背了。

這就是他們幾乎每次只要考到天滅魔的口訣就會全體陣亡的最主要原因。

七名弟子之間甚至還私下開了賭盤，賭賭看誰會成為第一個闖過天滅魔這關的人，只是直到今天，都還沒有贏家產生。

頑固老高就排在最前面，一直到了現在，他臉上那因為不好意思而漲紅的雙頰，仍然是一片火紅。

畢竟再怎麼說，自己也是這些弟子的師叔，這樣實在有點丟臉。

不過，堅持要跟其他人接受一樣的懲罰也是頑固老高自己的決定，因此他也沒有什麼話好說的。

頑固老高當然非常清楚自己不如師兄，而且在這七名弟子的眼中，他甚至有點被輕視。不過他對這點也沒有什麼意見，畢竟就連頑固老高自己都很佩服劉易經，甚至把他當成了偶像。

對頑固老高來說，比起背錯口訣得要接受這種不管生理還是心理層面都不好受的懲罰，他更在意的是自己讓師兄失望了。

十多年後，如今的頑固老高已經不再是沒沒無聞的師弟，而是南派的掌門，也因為頑固的關係，被人取了頑固老高這個外號。

走出廳堂的頑固老高，看著這條走廊，一切都好像昨天才剛發生一樣。

雖然當時被處罰實在有點丟臉，不過那或許是頑固老高這輩子最快樂的時光也說不定。

當時的他，雖然整天背負著不想讓師兄失望，以及要給這些後輩一個榜樣的志願，因而整天想盡辦法背誦口訣，並努力做好每件事情，不過日子過得也還算是無憂無慮，更沒有承受過什麼重大的傷痛。這點就跟很多出社會的人士，整天懷念著過去在學校的時光一樣。

然而一切都在不幸的「易經之禍」過後，有了徹底的改變。

過去原本就不怎麼常笑的頑固老高，在歷經了易經之禍以後，他幾乎都快要忘記該怎麼笑了。

人生彷彿被一種難以承受的重物所負壓，一輩子得要揹著這樣的重物過活。

雖然在呂偉道長的協助之下，加上道士大會上，所有人都決議永遠不再提起「劉易經」以及「易經之禍」，南派也因此得以苟延殘喘下來，但是對頑固老高來說，有些東西過去了，就永遠不會再回來。

就好像他對自己師兄的崇敬感，以及雖然是自己的師侄，但感覺卻好像自己師弟們一般的那七人，他們都永遠不會再回來了。

不過頑固老高也非常清楚，這並不是人生的終點，他還有需要繼續走下去的原因。

那就是他的女兒以及這個好不容易才稍微重新站立起來的南派。

如今頑固老高活下去的目標只有兩個，一個就是幫女兒找個好歸宿，另外一個就是讓南派可以繼續存續下去。

關於第二點，應該能有不錯的結果，自己的第三個弟子阿畢，繼承了他的衣缽，而且也有了很不錯的名聲，應該可以讓南派更加有聲有色。

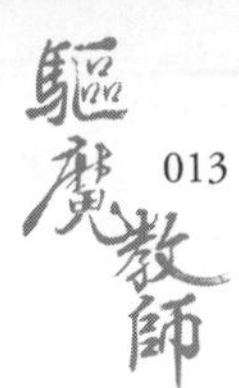

因此現在頑固老高的目標，就只剩下把自己那個有點兇悍的寶貝女兒嫁出去。

而頑固老高再遲鈍也知道，阿畢大概對梓蓉有點意思，但是郎有情妹無意，對於這點，他不打算干涉，畢竟年輕人有自己的想法。

然而最近情況卻有點改變，自從發現鍾馗符傘失蹤之後，頑固廟上下都陷入一片慌亂中，所有人都出動去找符傘的下落，但是原本應該要代理自己處理這件事情的準繼承人阿畢，卻一直找不到人。

阿畢啊……你到底在搞什麼？

頑固老高心中有股不安的感覺，也正因為這股不安，頑固老高才會在走出廳堂之後，看著這條走廊，想起過去的那些景象。

在這一切只剩下回憶之後，只要頑固老高心情低落，回憶總是會不經意地浮現在腦海之中，甚至出現在他的眼前。

頑固老高感覺自己彷彿還可以看到過去另外七個人，蹲在那裡偷笑的樣子。

一整排人做著同樣的動作，就這樣從走廊頭排到走廊尾，整體來說還挺壯觀的。

頑固老高順著走廊看過去，然後，他看到了一個身影出現在走廊尾端。

那並不屬於回憶的一部分，而是真實的人影站在那裡，一個熟悉的人影。

頑固老高瞇了瞇眼，才終於看清楚了那個身影的真面目。

「阿畢！」頑固老高對著身影叫道：「你這陣子到底死到哪裡去了？我們大家都在找

你。」

那身影不是別人，正是這段時間都不知道跑哪裡去的阿畢。

當然在接手頑固老高大部分的工作之後，阿畢常常因為一些委託需要東奔西跑，甚至得要代表頑固老高出席一些會議或者是廟會活動。

但是不管多忙，他都不曾像現在這樣，完全失去聯繫，甚至一度到了讓頑固老高與高梓蓉想要打電話報警協尋的地步。

阿畢站在走廊的末端，攤開了手，臉上掛著一抹苦笑，看著頑固老高好一陣子之後，淡淡地說：「我回來了。」

2

一陣震耳欲聾的怒吼聲，從頑固老高的辦公室中傳了出來，幾乎響徹了整座頑固廟。

辦公室裡面，頑固老高一臉鐵青，站在辦公桌後面不停發抖，他簡直不敢相信剛剛從阿畢口中所說出來的一切。

頑固老高雙眼瞪視著阿畢，那眼神就好像看著陌生人一樣，事實上這也是頑固老高自己內心的感覺。

一開始，聽阿畢講那些關於新門派的事情，頑固老高還有一種自己是在哪個環節做錯了，才會讓阿畢走上歪路的想法，但是越聽下去，這樣的想法卻越來越淡薄，反而有種阿畢天生就是如此偏差的感覺。

更讓頑固老高怒不可遏的地方是，阿畢講述這一切的時候，從頭到尾都是用那種他自以為應該是阿吉會有的態度在說話。

自從到北派留學回來之後，阿畢就常常會出現這樣的態度，當然頑固老高一眼就知道這些都是阿吉的影響，不過就算阿吉的態度再糟，也不曾讓呂偉道長丟臉過。

但是現在阿畢卻做出了這樣不堪的事情，再加上這種裝模作樣的輕佻態度，讓頑固老高有種恨不得一巴掌把他打死在牆上的衝動。

「所以……」頑固老高雙目銳利如刀，狠狠地瞪著阿畢，咬牙切齒地說：「鍾馗……符傘……也是你……」

阿畢一臉無所謂的態度，攤開了手，用肢體語言完美地詮釋了「你說呢？」這句話。

「阿畢！」頑固老高怒斥：「你知不知道你在做什麼？現在已經不是我們門規、家規的問題了。你這是天理不容啊！」

「所以，」面對暴怒的頑固老高，阿畢一點都沒有露出畏懼之情：「這就是你最後的答案？」

「答案？」頑固老高一臉難以置信地大叫著：「你以為我還會給你答案？你覺得我會

給你什麼答案？我現在恨不得自己沒有收過你這個徒弟，更後悔自己指名你去北派，你還希望我給你什麼答案？你這個讓我們南派丟臉的傢伙！」

「我讓南派丟臉？」阿畢挑眉歪臉地說：「你這話好像說反了吧？」

「什麼！」

「首先，」阿畢嘴角上揚地說：「先跟師父你報告一下，我很久以前就已經不是你的徒弟了，我腦袋裡面的口訣，有一半是呂偉道長給我的，另外一半……是劉易經給我的。你這個當師父的，根本沒有傳授我口訣。所以，我其實不能算是你的弟子。」

「劉……給你的？」頑固老高一臉訝異地說：「你現在到底在說什麼？你瘋了嗎？」

就頑固老高所知，身為阿畢師伯的劉易經，根本不曾教過阿畢半句口訣。哪有因為師父的口訣是師承自劉易經，所以教他口訣的人就不是師父，而是劉易經的道理？

就算阿畢再怎麼愛學阿吉，阿吉也不可能說出這樣的話，因此頑固老高聽到阿畢這麼說，真的是又氣又莫名其妙。

「所以我的師父，」阿畢仰著臉一臉不屑地說：「本來就不是你，而是你的師兄。然後，讓你的師兄，也就是我真正的師父走上無法回頭的路的人，就是你啊。」

「什……什麼？」頑固老高一臉鐵青。

「不過，」阿畢聳了聳肩說：「我想你這輩子永遠都不會了解自己為別人帶來的困擾，畢竟如果你知道你的問題在哪裡，你可能就不會這樣做了。」

阿畢說到後面，臉色突然向下一沉，似乎有點失落的感覺。

頑固老高見了，沉痛地閉上了雙眼，緩緩地搖了搖頭，再度張開雙眼的時候，頑固老高的眼神中，充滿了殺氣。

「我不會讓你這樣做，」頑固老高冷冷地說：「我要阻止你，這是我的責任。」

聽到頑固老高這麼說，阿畢的臉上頓時浮現出一抹冰冷的笑容。

「你真的覺得……你有辦法阻止我嗎？」阿畢冷冷地說。

頑固老高瞪大雙眼，看著阿畢緩緩地站起身來，等到阿畢將手伸出來的時候，頑固老高才知道自己很可能錯了。

他剛剛一度認為阿畢還有一點機會可以悔改，但這樣的想法實在是大錯特錯。

3

一聽到阿畢回來，高梓蓉就迫不及待衝到樓上。

這陣子失聯的阿畢，讓高梓蓉真的又氣又急到了極點。

高梓蓉已經想好了，阿畢這一次真的太過分了，在情況那麼嚴重的時候搞失蹤，不管他去忙多麼重要的事情，她都一定要狠狠地痛罵他一頓。

阿畢就是這點永遠沒辦法跟阿吉一樣，阿吉的吊兒郎當其實只是一種偽裝，而且懂得看時機跟場合，不會像阿畢在這樣的情況之下搞失蹤。

一想到這裡，高梓蓉更是感覺到一肚子火。

衝上了辦公室所在的二樓，高梓蓉打算就這樣直接闖進去，然後不管兩人在講些什麼，她都要先把阿畢痛罵一頓再說。

但是，當高梓蓉的手一碰到辦公室的門時，心中卻突然有了一種非常強烈的感覺。

——快逃！

不知道為什麼，心中突然出現了這樣的聲音，緊接著，一股強烈的不安襲上了自己的心頭。

……裡面出事了！

一種說不上來的預感，在高梓蓉的心中發酵，這讓她的手就這樣搭在門上，完全沒辦法把門推開。

門裡面是一片寧靜，這或許就是讓高梓蓉直覺不對勁的地方，畢竟這段時間阿畢的失蹤也讓老爸很生氣，裡面按理說會有點聲音才對，不應該像這樣無聲無息。

不過，即便心中有很多疑慮、不安，高梓蓉還是想要知道裡面到底發生了什麼事情，這或許就是她遺傳到自己爸爸的地方——一樣頑固。

高梓蓉推開門，辦公室裡面沒有開燈，只有正午強烈的陽光從窗戶照射進來，雖然絕對稱不上昏暗，但是因為辦公室的空間不算狹小，所以還是有需要光線經過多次折射才能照到的地方，加上室內室外的亮度差距，讓高梓蓉一瞬間有點看不清楚。

等到視線稍微調適了，高梓蓉才看清楚，辦公室裡面就只有阿畢一個人，完全沒有自己老爸的身影。

原本照高梓蓉心中的景象，自己應該是二話不說，劈頭就先把阿畢罵個狗血淋頭，但是此刻，高梓蓉卻沒有這麼做。尤其是阿畢現在正坐在頑固老高的辦公桌後面，那張代表著南派掌門才會坐的位子上。高梓蓉立刻察覺事有蹊蹺。

「……我爸呢？」高梓蓉環視了辦公室一眼問阿畢。

當然，高梓蓉不可能看得到的是，在辦公桌的後面，她摯愛的父親就死在地上，而且坐在辦公椅上的阿畢，正大逆不道的將他自己的腳，踩在這個曾經把他當成親生兒子一樣疼愛的師父頭上。

「他跟我有點不愉快，」阿畢臉帶微笑，雙手攤開說：「我們溝通過後，他想要冷靜一下，所以就出去走走了。」

高梓蓉雙眼凝視著阿畢，雖然他這麼說，但高梓蓉卻止不住內心那不斷浮起的不安與心聲。

快逃！快逃！

腦海裡面一直不斷傳入這樣的聲音，讓高梓蓉有點後悔自己開門闖進來。

「喔。」高梓蓉淡淡地答道，然後向後退了一步，想要轉頭逃之夭夭的想法一直在腦海之中揮之不去。

「這不像妳啊，」阿畢臉上的笑容依舊：「正常的妳不是進來的時候，就會開始破口大罵說『廟裡出了那麼多事情，你人到底死到哪裡去了』之類的話嗎？」

聽到阿畢這麼說，高梓蓉內心的那份不安，更加狂亂了起來，她再也忍不住轉過身，想要就這樣跑出去。

「妳要去哪裡？」阿畢叫住了高梓蓉。

「我……我樓下還有點事情。」高梓蓉勉強扯出這樣的謊。

「不用了，」阿畢搖了搖頭說：「妳已經不需要處理其他任何事情了，因為妳有一件更重要的事情需要完成。」

「什麼事？」高梓蓉略微回頭問道。

「妳要幫我……」阿畢緩緩地站起身來說：「傳個口信給阿吉。」

「啊？」高梓蓉一臉狐疑地轉過身來。

一回頭，高梓蓉立刻就看到了，站起身來的阿畢，雙手沾滿鮮血，鮮血還兀自滴落到地面。

高梓蓉這才知道，自己心中的那股不安，都是真實的預感，只是看到了這一幕，那份不安已經逐漸消退，取而代之的卻是滿滿的憤怒。

因為高梓蓉非常清楚，自己的老爸恐怕真的已經遭遇不測。

她向前踏了一步，正打算開口質問，但阿畢已經一腳蹬上了辦公桌，然後奮力一跳，朝高梓蓉撲了過來。

4

高鐵列車上，阿吉看向窗外，即便身處在時速三百的高速列車上，只要視野夠遼闊，就不容易體會到前進的速度感。

在高鐵通車之後，南北交通的便捷程度與過去有如天壤之別，這讓阿吉回想起當時與頑固老高、呂偉師父等人趕往台南的景象。

眾人搭著呂偉道長開的四人座小貨車，奔馳在高速公路上，一路上還算順暢，卻也耗費了四、五個小時才到台南。

坐在副駕駛座的阿吉，透過後照鏡看見後座的頑固老高，一臉緊張到都快要心臟病發的模樣，他甚至一度覺得下交流道之後，第一件事情不是先趕到廟裡，而是要先把頑固老高送醫。

只要一激動，臉就容易紅，這是頑固老高的特色。

當他帶著自己才剛國中畢業的女兒以及阿畢等幾個倖存的弟子，連夜搭火車北上趕到幺洞八廟來的時候，就是頂著一張通紅的臉，看起來就好像少了鬍子的關公一樣。

雖然呂偉道長希望他跟其他南派弟子們一起留在幺洞八廟休息，讓自己和阿吉去台南就可以了，但頑固老高卻堅持要同行。除此之外，還有他的女兒高梓蓉，在歷經了那麼多事情之後，她說什麼都要跟爸爸同進退，結果就變成了一行四個人一起南下。

頑固老高從最初的發現屍殼開始，把自己師兄的所作所為全部都告訴呂偉道長，呂偉道長一路靜靜地聽著，但臉上的表情卻透露著他的情緒。

時而震驚、時而哀痛、時而憤怒、時而失落。

不同的表情顯露在呂偉道長的臉上，但是阿吉卻非常清楚每一個表情所代表的心境，畢竟兩人當師徒已經那麼多年，加上阿吉天生的觀察與記憶力，對呂偉道長的表情解讀自然不在話下。

雖然了解呂偉道長的情緒轉變，但是阿吉卻不見得了解師父內心的想法。

貨車的後座，高梓蓉將頭靠在窗邊沉沉睡去，頑固老高也有一下沒一下地點著頭打瞌睡，這時阿吉才終於有機會可以問呂偉道長。

「師父，」阿吉問：「你覺得……劉道長真的做了那些事情嗎？」

呂偉道長沉著臉，看了阿吉一眼之後，點了點頭說：「恐怕是真的。」

雖然沒有親眼見到，但光是聽頑固老高的描述，大概也知道這絕對不是他可以揑造出來的故事。

「為什麼他要這麼做呢？」阿吉沉思了一會之後，有點像是自言自語地問道。

然而這個問題，恐怕就連呂偉道長也想不通。

呂偉道長凝視著深夜漆黑的道路，過了一會才緩緩地說：「我也不知道。」

當然，劉易經與呂偉道長之間的交情，阿吉是最清楚的了。

只要劉易經有到北部辦事，幾乎都會在么洞八廟住上一晚，兩人一見面總有聊不完的話題，交情甚篤可見一斑。

「在人生這條路上，」呂偉道長曾經這麼對阿吉說：「如果沒有目標，你很容易就會迷失自己。」

對於呂偉道長這個師父，阿吉實在沒有什麼意見，如果真要挑剔的話，就是他壓根兒不管阿吉幾歲，經常會說出這種遠超過阿吉當時年紀所能理解的話。

事實上，當呂偉道長第一次說出這句話的時候，阿吉也才八歲，即便是天才也很難在八歲的時候去了解這句話的涵義。

對當時的阿吉而言，所謂的目標大概就是今天晚餐吃什麼，還有像是每個禮拜一去上學就要撐到週末放假才能玩之類的事情。

「師父你呢？你有什麼目標？」似懂非懂的小阿吉，當時這麼反問過呂偉道長。

這也是阿吉第一次聽到師父呂偉道長的人生目標——補足口訣，並且將口訣分享給所有鍾馗派的人知道，結束派系分裂的時代。

這不只是個目標，更是呂偉道長一輩子的夢想。

然而，這個夢想除了呂偉道長之外，只有兩個人知道，一個是阿吉，另外一個就是劉易經。

呂偉道長曾經將這個想法告訴劉易經，但是兩人卻在這個理念上產生出分歧。

劉易經認為，公布完整口訣不見得是件好事，更不可能讓鍾馗派因此團結。

不過當然，當時的呂偉道長還沒能補足缺漏的口訣，而這也只是一個剛萌芽的夢想而已，因此這樣的分歧，就只存在於兩人心中而已。

眾人好不容易到了台南，一下交流道之後立刻趕往頑固廟，呂偉道長的車才剛開進廟裡，就在廟前廣場遇見了正開車準備要離開的劉易經。

「易經！」呂偉道長對劉易經叫道：「你……」

劉易經這邊也看到了眾人，將車子停了下來，雙方就這樣隔著車門互相看著對方。

什麼都不用問，光是看劉易經臉上的表情，呂偉道長就已經非常清楚，頑固老高所說的一切都是真的。

「……為什麼？」呂偉道長一臉難以置信地問。

「……你知道很多人，」劉易經臉上浮現出似笑非笑的表情說：「私底下都說我們兩個就好像周瑜跟諸葛亮一樣，有所謂的瑜亮情結嗎？」

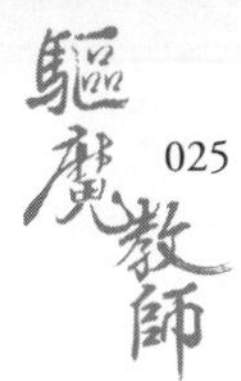

「知道。」

「他們說的是真的，」劉易經苦笑地搖搖頭說：「不管我們多麼想要否認，這樣的情結，的確存在於我們之間。」

「我不否認啊，」呂偉道長一臉不解地說：「可是……我一直都認為我是周瑜，你才是諸葛亮啊！你到底是怎麼了？」

聽到呂偉道長這麼說，劉易經慘然一笑，接著轉過頭，開著車子揚長而去。

呂偉道長與頑固老高決定追上去，為了安全起見，他們決定讓阿吉跟高梓蓉留在頑固廟之中，卻萬萬想不到這是一個調虎離山之計，劉易經的離開只是個幌子，最後他還是回到了頑固廟。

唯一值得慶幸的是，因為考量到還要調頭太麻煩且浪費時間，以及貨車性能恐怕追不上劉易經，兩人乾脆直接下車，換開頑固老高的轎車追上去，因此才會留下了呂偉道長放在貨車上的大量戲偶，讓阿吉得以使用。

最後趕回來的呂偉道長與頑固老高，在與阿吉的合力之下，終於順利打敗了劉易經，也為「易經之禍」劃下最後的句點。

只是雖然劉易經已經在那場對決之中落敗，並且丟了自己的性命，但是他在各地的鍾馗派留下了許多「天滅魔之陣」以及其他各式各樣的咒術，讓呂偉道長為了解開這些劉易經生前所埋下的陷阱，疲於奔命了好一段時間。

當時所發生的一切，至今都還歷歷在目，只是阿吉作夢也想不到，自己會在多年之後，又再次為了阻止某人而前往台南。更想不到的是，這次他要阻止的對象，竟然是同樣經歷過「易經之禍」而倖存下來的好兄弟——阿畢。

高鐵列車上的到站廣播打斷了阿吉的回憶，他看向窗外，此刻已經是入夜時分。現在的阿吉，只能祈禱一切都還來得及，阿畢還沒有做出任何無法挽回的事情。

5

出了車站之後，阿吉立刻搭上計程車直奔頑固廟，等到抵達頑固廟的時候，夜已深了。印象中上一次來到頑固廟也是差不多這樣的時間，說不定對頑固老高父女倆來說，自己還真是一個不速之客。

不過這一次絕對不一樣，阿吉的心情非常複雜。

一想到幕後的黑手就是阿畢，阿吉可以說是受到了相當大的打擊。

當然一部分的原因就是，憑兩人的交情，阿吉實在很難想像阿畢竟然會做出這樣的事情，另外一部分則是，頑固老高父女到底知不知情？

以過去阿吉對父女倆的了解，他有絕對的信心，相信他們不可能會做出那些事情。只是，他對阿畢也曾經有過相同的信心，但阿畢卻做了，因此阿吉的信心可以說是全面崩盤了，不知道還有什麼人可以相信。

不過阿吉不打算考慮太多，就算兩人真的跟阿畢是一夥的，他也會直搗黃龍去問個清楚。

此時已經是接近深夜時分，頑固廟裡面顯得一片寧靜。

雖然在易經之禍過後，頑固廟曾經進行了小規模的改建，試圖想要抹去關於劉易經的一切，但是因為缺乏經費的關係，實際上改變的也只是一些小地方，整體架構並沒有多大的更動。

因此看著這座廟，阿吉還是會不經意地想起劉易經。

尤其是在這樣的時間點，要不想起過去相關的事情，實在不太可能。

阿吉踏入頑固廟，立刻有種不對勁的感覺，抬起頭來看著主建築物，沒有半點燈火。

除此之外，其他地方也是空蕩蕩的，整座廟區沒有半點聲響，更沒有看到半點人影。

即便是深夜，大部分的人都已經入睡了，也不應該會沒有半點聲音與動靜。

這種感覺真的很不尋常，就好像進入了一間廢棄的廟宇一樣。

到底是怎麼回事？

阿吉心中的不安在胸口逐漸擴大，但是他仍然朝著主建築物走去。

這裡對阿吉來說並不陌生，他決定先去找頑固老高，因此一路朝著樓上頑固老高的辦公室而去。

到了辦公室外，裡面仍然是無聲無息，沒有半點聲響。

「有人在嗎？」阿吉敲了敲門說：「我是阿吉。高道長，在裡面嗎？」

等了一會，裡面仍然沒有半點回應，阿吉退了一步，猶豫了一會之後，將手放在門上，深呼吸一口氣之後，緩緩地將門推開。

空氣中瀰漫著一股詭異的氣氛，才剛打開門，阿吉就聞到那股不祥的氣味。

……血腥味。

阿吉內心立刻揪了一下，畢竟這股氣味他一點也不陌生。

室內是一片漆黑，沒有半點光線，阿吉伸手摸了摸旁邊的牆壁，想要找尋電燈開關，手才剛碰到牆壁，傳來的是一股黏膩的感覺。

阿吉強忍心中的噁心，找到了開關，把燈打開。

燈光亮起，阿吉瞪大了雙眼，看著眼前這一幕如煉獄般的景象。

血液噴灑到牆壁上，形成了一大片血污，除此之外，還有些黏稠狀的血泥，就噴濺在電燈開關附近，阿吉剛剛摸到的就是那片血泥。

除此之外，地板上也到處都可以看得到血跡，整個房間一團亂，可以明顯看得出打鬥的痕跡，可想而知的是這裡不久之前才發生過一場大戰。

問題就在於，這些血跡到底是誰的？

至少，從這裡的跡象看起來，頑固老高與高梓蓉恐怕跟阿畢並不屬於同路人，而兩人對阿畢的所作所為也有些「意見」，因此引發了爭執。

不過讓阿吉不了解的是，如果是這樣的話，阿畢為什麼還要回來？

當然，這個問題對現在的阿吉來說，還是次要的，最重要的是他需要搞清楚，這些血跡到底是誰留下來的。

眼前阿吉並沒有看到任何屍體，因此即便知道可能不太好，但阿吉還是向辦公室深處走去。

走到辦公桌旁邊，阿吉看到了一雙腳，不需要看上半身，阿吉也認得出腳的主人是誰。

「高道長！」阿吉叫了一聲之後，繞到辦公桌後面。

江湖上人稱的頑固老高，就躺在一片血泊中。

從外表看起來，阿吉看不到頑固老高身上有明顯的傷痕，因此一時之間也不清楚這些血跡到底是怎麼來的。

此刻的頑固老高，臉上沒有半點血色，從屍體的狀況看起來，似乎是死了好一段時間了。

阿吉靠近一點，盡可能彎低身體，想要看看頑固老高的側面及後面，畢竟此刻這裡很可能已經是刑案現場了，因此阿吉盡可能希望不要觸碰任何東西，以免影響警方調查，不過他還是想要看看到底地上以及牆上到處留下來的血跡是怎麼一回事。

阿吉的臉幾乎都快要貼到地板，整個人也快要趴在地上，才終於看到了一點端倪。

頑固老高的身體並沒有完整平貼在地板上，而是有點歪斜，似乎身體下面卡著什麼東西。

阿吉繞到另一個角度看，終於看清楚了，在頑固老高的左後背，有一處差不多拳頭大的開口，而從那樣的開口還可以清楚地看到骨頭刺出來的模樣，就是那刺出來的骨頭卡著地板，才讓頑固老高沒有完全平貼於地板之上。

看到了那個傷口，阿吉腦海之中閃過了兩個人。

一個就是多年前已經喪命的劉易經，另外一個是前不久才辦過喪事的陳伯。

雖然不是很肯定，不過就過去的經驗來說，會造成這樣的傷口，阿吉倒也不是完全沒聽說過。

這是逆魁星七式最有可能產生出來的傷口，也就是當時劉易經與呂偉道長對決時所用的招式。

記得當時劉易經就曾經說過，如果不是呂偉道長的道行夠高，他的後背早就開了好幾個洞了。

不逆天，就入不了魔道，不入魔道，就不會擁有這種逆天的功力。

因此阿吉立刻想到陳伯曾經說過，在陳純菲媽媽的租屋處所發現的那具屍體。

那正是入魔道時所必備的屍殼。

換句話說，頑固老高很有可能就是死在那個利用屍殼入魔道的人手上。

檢視完頑固老高的傷口之後，阿吉抬起頭來，眼角餘光看到了一雙腳，整個人都愣住了。

就好像在恐怖片裡面常常都有的慢動作回頭一樣，阿吉緩緩的將頭朝眼角餘光的地方轉過去。

那雙腳，阿吉非常熟悉。

過度的驚訝，讓阿吉的一切動作都變得緩慢，他緩緩地站起身來，朝那雙腳的地方而去，內心卻一直不斷地拚命祈禱這一切都不是真的。

但是每走一步，心中的那股絕望感就越深。

繞過了那個平常頑固老高用來接待客人的沙發，他終於看清楚了。

阿吉沉痛地閉上雙眼，但是雙腳卻無力地跪倒在地上。

為什麼？為什麼要做到這種地步？為什麼會發生這樣的事情？

然而就算有答案，也挽回不了已經發生的事實。

阿吉再度張開雙眼，但是此刻視線已經被淚水給模糊，根本看不清楚，他眨了眨眼，讓淚水流出眼眶，這才看清楚她的容顏。

高梓蓉就躺在那裡，與頑固老高不一樣的地方是，她的傷口清楚可見。

胸口就好像被輪胎般大小的東西輾過去一樣，整片被人撕開直到腹部，不只有衣服整件破裂，就連胸腔都被絞碎，在一片血肉模糊之中還隱約可見內臟。

「梓蓉……」

阿吉哽咽地叫著高梓蓉，並且伸出手去碰高梓蓉的肩膀。

手才剛碰到高梓蓉的肩膀，高梓蓉的一雙眼突然睜了開來。

「梓蓉！」

阿吉原本以為高梓蓉醒過來了，但光是看到她雙眼那朦朧的灰色眼珠，阿吉知道她應該已經看不見任何東西才對。

高梓蓉的嘴角抽動，似乎在說些什麼，阿吉靠過去想要聽清楚，但是此刻的高梓蓉已經發不出半點聲音，哪怕是一點氣音也沒有。

阿吉盯著高梓蓉的嘴唇，大概勉強猜到高梓蓉想要說什麼。

「阿吉，對不起。」

高梓蓉在用嘴唇畫出這幾個字之後，雙眼一閉，嚥下了人生的最後一口氣。

究竟高梓蓉是要為兩人最後的爭執說對不起，還是要為阿畢的所作所為道歉，隨著高梓蓉嚥下這最後一口氣，阿吉永遠不會知道。

「撐著點！」阿吉叫道：「我馬上幫妳叫救護車！撐住！」

先報警，不，還是先叫救護車。

阿吉拿起手機，還沒撥打，手機已經先響了起來。

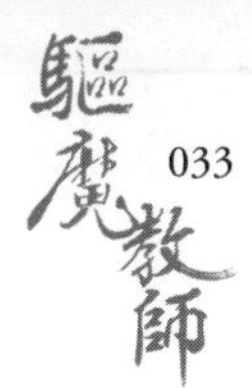

看著螢幕上面顯示的來電號碼，阿吉的一雙眼睛瞪得老大，臉上的怒意有如烈火般熊熊燃燒起來。

因為來電的不是別人，正是做出這一切獸行的阿畢。

阿吉立刻按下通話鍵，將手機拿到耳邊，一拿到耳邊就聽到了那熟悉的聲音。

「別報警。」阿畢的聲音從手機裡傳來：「如果你還想要看到你那個學生的話，就照我說的去做。」

阿畢的話宛如一把刀子般，刺入了阿吉的胸膛。

為什麼要這麼做？

你綁架曉潔的目的與意義到底是什麼？

你怎麼忍心對這些人下手？

是什麼讓你變成這樣的禽獸？

無數的問題浮現在阿吉的心中，但是他卻什麼都沒有問出口，只冷冷地說：「你想要怎樣？」

「回台北，」阿畢淡淡地說：「當作一切都沒發生，我會再跟你聯絡。」

阿畢的聲音十分平穩，這讓阿吉相當震驚，也讓原本就是強壓心中怒火的阿吉，再也壓抑不住。

「為什麼！」阿吉對著手機怒吼：「你為什麼要這麼做？為什麼你要殺他們？」

「……為了告訴你一個訊息。」

「什麼訊息？」

「我不是開玩笑的，」阿畢冷冷地說：「而且我會不擇手段，所以你最好照著我的話去做，別做任何蠢事，不然我保證你的學生……」

為了傳達自己不是開玩笑的訊息，便做出這種人神共憤的事情，聽到阿畢這樣的說法，阿吉簡直無法置信。

不過這樣激烈的訊息，的確也讓阿吉相信阿畢是玩真的。畢竟就連頑固老高都看出來了，觀察力出眾的阿吉當然也早就發現阿畢對高梓蓉的心意，然而現在阿畢卻連高梓蓉都能殺了，還有什麼事情是他做不出來的？

「回去吧，我會再跟你聯絡，別報警，立刻離開那裡。別忘了，你的學生還在我的手上。」

阿畢說完之後，草草掛上了電話。

阿吉卻愣在原地，渾身不停發抖，手上的手機發出了劈哩啪啦的激烈聲響，最後承受不住主人強勁的握力，手機先從螢幕裂了開來，然後整個外殼被捏到幾乎都快爆開了，裂開的金屬也刺傷了阿吉的手，但是他仍然緊緊地握著手機，絲毫沒有放鬆的跡象。

血液從掌縫間流了出來，沿著手臂匯集到手肘後，緩緩地滴落地板。

阿吉這輩子從來沒有如此憤怒過，他感覺到胸口真的有一股沉重的怒氣，想要從身體各處爆發出來，但是卻苦無任何出口。

過了一陣子之後，阿吉終於緩緩地放下了手，他知道現在還不是釋放那股怒氣的時候，他發誓他會讓阿畢知道，自己做出的事情，需要付出什麼樣的代價。

第2章・十年之約

1

十多年前的頑固廟，夜晚——

這天又是禮拜一，同樣又是一個讓所有弟子和師弟全軍覆沒的夜晚。

劉易經對眾人的懲罰可一點也不馬虎，幾乎所有人在背錯口訣之後，換來的就是這樣的夜晚，每個人雙手無力，連拿筷子的力量都沒有了，所以在睡覺前，他們會聚集在廳堂外面，互相上藥。

這幾乎已經成為了只要劉易經抽考天滅魔的口訣，那麼當天晚上就一定會出現的場面。

七個弟子加上頑固老高，八人兩兩成對，互相幫對方上藥。

不管是被擦藥的，還是幫人擦藥的，在過程中都是痛到哀號，因此場面也可以說是哀鴻遍野。

不過雖然哀號聲不斷，但這也是眾人難得的悠閒時光，因此七個弟子與頑固老高也常常會聚在一起聊天說笑。

「不是啊，」其中一個弟子說：「我是說真的，我們需要派個人當代表，去跟師父反映一下。」

「天滅魔，必人為。」另外一個弟子裝模作樣地背著口訣說：「問題就在於，現今的時代根本就沒人會天滅魔之陣了，我們到底還學它幹什麼？沒有意義嘛！對不對？」

此話一出，其他人紛紛點頭表示贊同。

天滅魔必人為，這是天滅魔之陣口訣的第一句話，說明了天滅魔之陣沒有自然形成的可能，一切都要出自於人之手才有可能形成。因此七個弟子打從心底認為沒有背誦的必要。

「沒錯！」另外一個弟子附和道：「根本就不需要背！」

就連頑固老高也只是微笑看著七人，因為他非常清楚，這就是他那七個師侄一種紓解壓力的方法。

比起其他人，由於頑固老高一直都是跟著七人一起向劉易經學習口訣的，所以雖然頭銜上面，頑固老高是七人的師叔，年紀也比七人要年長許多，但是實質上有時候頑固老高卻覺得他比較像七人的大師兄。

「這樣好了，」其中有人這麼提議：「我們做個籤，然後抽中的人，就負責去跟師父講。」

此話一出，原本都還點頭如搗蒜的所有人，立刻沉下了臉猛搖頭。

「不要、不要。」

雖然只有七、八分之一的機會，不過對他們來說，劉易經就好像神一般的存在，是眾人敬畏的師父，根本就沒人有那個勇氣敢保證自己抽到之後，真的敢去說。

因此到了最後，他們還是沒人抽籤，當然也沒人去跟劉易經反映。

只是，這八個人不知道的是，就在他們八人在這邊說笑，談論著不需要背這些口訣的時候，一個人就在隔壁的房間，靜靜地聽著，然後沉痛地閉上了雙眼。

那個人不是別人，正是他們的師父、師兄，劉易經。

劉易經無力地靠在牆上，他不懂自己到底哪裡做錯了。

事實上，他們所背誦的口訣並不是鍾馗祖師留下來的，南派的口訣早就已經佚失缺漏到幾乎沒有可以稱得上完整的部分，「逆」的口訣甚至早就只剩下一個字了。

另外他們也說錯了一件事情，在現今的時代，還是有人會佈下天滅魔之陣。那個人正是他們的師父，而那些口訣正是他們師父劉易經，自己佈下天滅魔之陣，然後親自進入天滅魔之陣，並且經過一番研究之後才自創出來的。

自己費盡苦心去研究，冒著生命安全留下來的口訣，卻被棄之如敝屣，這讓劉易經深感痛心。

下一秒鐘，他的胸口突然傳來劇烈疼痛。

劉易經低下頭，摀住嘴咳了一下。

拿開手，手上是怵目驚心的鮮紅色。

劉易經瞪大著雙眼，一臉難以置信地看著自己的手，雖然此時距離劉易經入魔還有一段時間，但是如果真要算的話，或許這個夜晚對劉易經來說，才是最關鍵的一個晚上。

此時此刻，都沒有任何人可以猜想得到，這個夜晚正是讓劉易經步入魔道的第一個夜晚。

2

到了最後，阿吉還是打電話叫了救護車，雖然心中非常清楚，高梓蓉很可能救不回來了，但是阿吉真的不忍心讓他們兩個人暴屍在那裡。

畢竟阿畢只要求不要報警，並沒有要求不要讓兩人送醫，至少最後報警的不會是自己，這點也不算違背阿畢的交代。

不過阿吉也沒有留在原地，因為現在的他有更重要的事情需要去做，一旦留下來，很可能需要接受警方的偵訊。

因此雖然就這樣離開，可能會被警方誤會成凶手，但是現在阿吉也沒辦法管那麼多了，他需要先想辦法把曉潔救出來再說。

阿吉聯絡了救護車之後，立刻離開頑固廟，並且趕在末班車之前，搭上了回台北的高鐵列車。

身心俱疲的阿吉，一坐到位子上就有一種快要暈過去的感覺。

但是阿吉卻一點睡意也沒有，高梓蓉的死狀，一直深深地烙印在阿吉的腦海之中。

尤其是在那胸前的傷口，可以想見受傷時候的痛苦，受了那樣的重傷，還沒有得到即刻的急救……當時高梓蓉應該早就已經不行了，能撐到阿吉過來，大概全都是靠意志力在支持。

至於讓阿吉最不捨的地方是，其實當時的高梓蓉應該已經看不見了，之所以會突然張開眼睛，並且用嘴唇說出那些話，不是因為她真的看到了阿吉，而是死前心中的那股執念。

在慘遭毒手之後，一直到阿吉趕到的這段時間，高梓蓉恐怕已經重複說了不知道多少次了。

明明自己的生命已經到了盡頭，高梓蓉想到的卻是向自己道歉，一想到這裡，阿吉就感覺到心如刀割。

到底是什麼樣的人可以下這樣的毒手？

阿吉回想起當時在頑固廟中，與高梓蓉兩人一起對付劉易經的場面。

即便是當時的劉易經，也是在高梓蓉偷襲他的時候，才對高梓蓉下重手，阿吉實在很難想像，阿畢為什麼下得了手。

除此之外，更讓阿吉不解的是，阿畢到底是什麼時候學會了劉易經的那些東西。

當時劉易經佈下天滅魔之陣屠殺自己的同門時，阿畢也身陷其中，如果劉易經真的在生前就收了阿畢為徒，甚至教會了他所有東西，那阿畢又何必來北派學習？

難道說一切都是他的偽裝？

這時阿吉又想到了自己與呂偉道長的另外一個爭執，難道說師父就是看穿了這一點，才會說出那些話？

雖然一切看起來好像是很合邏輯的推論，但是阿吉卻覺得不可能。

整體來說，自己跟師父之間雖然對阿畢這個人的看法有歧見，但終究還是在於選擇。師父相信阿畢會選擇錯誤的路；阿吉則相信阿畢會選擇正確的。

當然，到了此時此刻，阿吉已經知道自己錯了，而且錯得離譜，但是如果當年師父是因為發現阿畢已經學會劉易經的東西，那麼當時師父就會有所行動，不會只是跟自己辯論關於阿畢這個人。

所以，阿畢肯定不是在易經之禍前就學會劉易經的東西，也就是說，這並不是在劉易經的生前，甚至也不是在來北派留學之前的事情。

在阿吉的印象之中，剛來到北派的阿畢，非常內向少話，而且不擅長說謊，因此如果阿畢真的學會了劉易經的東西，以那個時候的阿畢來說，實在很難隱瞞得了自己或呂偉道長。

又或者……學會劉易經東西的不是阿畢？而是其他南派弟子？

這麼說起來，阿吉才想到剛剛到頑固廟的時候，也只看到了頑固老高跟高梓蓉，其他的弟子全部都沒看見。

這又是為什麼呢？他們到哪裡去了？難道他們也慘遭了阿畢的毒手嗎？

不過就算阿畢也對他們下手了，應該會留下屍體才對，為什麼全都不見人影呢？

當然阿吉沒有搜過其他地方，不過從頑固老高辦公室的情況看起來，阿畢並沒有任何試圖想要掩埋自己罪行的跡象，現場也沒有被整理過，其他地方按理說應該也是如此才對，但是阿吉卻沒有看到任何跡象顯示有其他人遇害。

南派在經歷「易經之禍」後的這幾年，在頑固老高與阿畢的聯手之下，也算是振興了一點，弟子人數至少也有數十人，不太可能沒人沒半點抵抗才對。

問題就在於，其他弟子也全部都不見了，那些人到底到哪裡去了？

阿吉揉了揉自己的太陽穴，有點疲累地皺起了眉頭，閉上雙眼。

原本還以為，一旦知道了幕後黑手，一切的答案就會明朗，誰知道隨著現在幕後黑手的真面目被如此殘忍地揭開，阿吉卻感覺越來越混亂。

阿吉雖然一度有過一個想法，對方會不會真的如高梓蓉所說，是為了口訣而來。

不過這樣的想法有兩個問題，第一個問題就是，對方是如何確知呂偉道長真的有留下口訣？

畢竟江湖上的傳聞，其實說穿了，只是一個合理的懷疑，在沒有確定的情況之下就做出這麼多事情，實在有點不合理。這就好像要去搶劫，卻選擇一個只不過看起來好像是銀行的地方去行搶，連裡面有沒有錢都不知道，這也真的是太貿然行事了。

另外一個問題就是，如果阿畢或者阿畢的同夥，真的學會了劉易經的一切，那麼的確可能有辦法做出這些事情，但是既然都已經有那麼高強的法力了，要呂偉道長留下來的口訣，又有什麼意義？

但是如果對方真的是為了口訣而來的話，那也太蠢了，而且蠢到了一個無與倫比的地步。

阿吉跟呂偉道長在這長達二十年左右的師徒之情，只曾經為了兩件事情而有了不同的看法，其中一件事情就是口訣。

在完成了口訣之後，呂偉道長卻要阿吉不要張揚，並且告訴阿吉，他不打算將口訣公諸於世。

這對阿吉來說有點訝異，因為他非常清楚過去的呂偉道長曾經有過一個夢想，就是補完口訣，並且將它公諸於世，結束鍾馗派分裂的時代。

但是，在這個夢想已經完成了一半，而且是非常困難的那一半之後，呂偉道長卻不願意公布口訣。

當然，阿吉也不是不知道，會讓呂偉道長有這樣轉變的人只有一個，那就是劉易經。

親眼看到口訣被人濫用的下場，讓呂偉道長對於公布口訣，有著非常大的疑慮。他很害怕公布的結果，就是產生下一個劉易經。

「你自己想想看，」呂偉道長當時這麼告訴阿吉：「就是因為怕被人濫用，所以我們的鍾馗祖師，才會立下門規，禁止口訣以任何形式記錄下來。不是嗎？」

呂偉道長非常堅持，他可以為了劉易經而改變，但阿吉卻完全沒有辦法。阿吉甚至認為，為了劉易經而改變自己的夢想，是非常不值得的一件事情。

「如果不是因為祖師爺的這個規矩，」當時的阿吉反駁道：「就不會有那麼多道士因為口訣不完整而喪失性命了啊！」

「那是一種選擇，」呂偉道長搖搖頭說：「就好像我們也是一樣，要怎麼利用口訣，是我們自己的選擇。如果今天口訣到了錯誤的人手上，你也看到了，到時候犧牲的人只會更多。那些被犧牲的人，他們連選擇的機會都沒有。」

「但是，」阿吉搖著頭說：「這是師父你的夢想啊！現在就只差一步了，你真的要這樣放棄？」

呂偉道長低下了頭，然後緩緩地搖著頭說：「或許是過去的我太天真了，至少劉易經讓我了解到了這一點。」

看到師父這模樣，阿吉也有點不爽了，因為在他的心目中，他的師父不是這樣的人，更不應該為了劉易經而有這樣的考量。

而就是在這樣的情況之下，阿吉說出了一句讓自己後悔萬分的話，如果人世間每一個人都有可以回收一句話的額度，那麼阿吉肯定會毫不猶豫地用在這句話上。

「我知道你的想法，」阿吉攤開手說：「但這不是你，如果你堅持這樣做，不就跟劉易經一樣嗎？」

劉易經曾經告訴呂偉道長，他的想法太天真了，不應該把口訣告訴所有人，否則一定會被濫用。而當初不認同的呂偉道長，如今卻因為劉易經的濫用，也有了跟他同樣的想法，打算私藏口訣。

不過就算呂偉道長有這樣的想法，其實也永遠不會跟那個殘殺自己同門，害死許多人的劉易經一樣。

可是阿吉實在不願意看到自己的師父跟劉易經有半點類似的想法，因此才會在一氣之下說出了這樣的話。

正常人聽到自己被徒弟比作一個殺人魔，沒有人會能夠接受。

但是呂偉道長卻沒有發火，他微笑地點了點頭，然後沉吟了一會說：「這樣好了，十年……我跟你約定十年。」

呂偉道長不但沒有生氣，反而願意退一步跟阿吉協議，這讓阿吉更為自己說過的話感到後悔。

「什麼十年？」阿吉問。

接著，呂偉道長便說出了他的想法，阿吉考慮過後，點頭同意。於是，一個長達十年的約定，就這樣定了下來。

那是距今大約五年前的事情，距離十年，還有一半的路要走。

3

在歷經了南來北往這樣不眠不休的奔波之後，阿吉拖著疲憊至極的身子，回到了么洞八廟。

雖然已經非常疲憊，但是阿吉卻沒有半點想要好好睡一覺的心情。

他非常清楚，無論阿畢的目的是什麼，都即將在這幾天之內揭曉，不管如何，一場大戰恐怕都是在所難免。

就算阿畢得到了他要的東西之後，願意放過曉潔，阿吉這邊也不可能就這樣算了。

想不到竟然連頑固老高跟高梓蓉都慘遭毒手，一想到兩人，阿吉的胸口就好像也被人挖開來一樣。

不管原因為何，做出這種事情都實在太超過了。

阿吉來到了自己臥房旁邊的儲藏室，儲藏室的牆上就掛著那件阿吉每次作法都會換上的金色道袍，除此之外，幾乎所有阿吉會用的法器，也都放在這裡，包括那個被妥善收藏

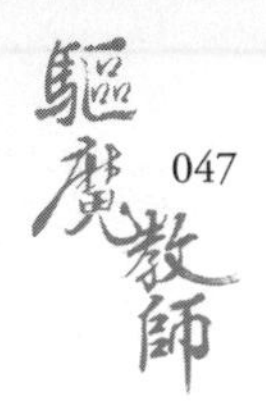

在木製箱子裡的刀疤鍾馗，此刻也正乖乖地躺在角落。

如果以降魔伏妖的角度來說，這間儲藏室根本就是軍火庫，裡面放著的都是對法術、鬼魂非常有用的法器。

阿吉非常清楚，阿畢所使用的應該都是劉易經入魔道之後用的招式，換句話說，那具屍殼很可能就是阿畢入魔道時所用的。

當時對於屍殼，阿吉有過很多推論，只是作夢也沒想到，使用那具屍殼的人竟然會是阿畢。

所以幾乎可以確定的是，阿畢已經踏上了跟劉易經相同的道路，一旦墮入魔道的人，就不可同日而語。

當然，也沒有任何可以逆轉的機會，這就是墮入魔道的代價。

既然已經知道對手是墮入魔道的阿畢，阿吉這邊當然不可能坐以待斃，阿吉走到了牆角，將那只木箱給拿起來。

「真的太可惜了，再給你十年，你一定可以靠著這操偶技巧，至少跟我打成平手。」

當年阿吉在頑固廟與劉易經對峙的時候，劉易經曾經這麼說過，想不到真的有實現的一天。

現在就可以證明，到底劉易經說得對不對。

經過了十多年的時光，阿吉是不是真的可以打倒像劉易經一樣墮入魔道的阿畢？

阿吉將木箱放到桌上，然後打開木箱中央的鎖，緩緩地將蓋子打開來。

箱子裡面，刀疤鍾馗威風八面地躺著。

「接下來就看你的了，好兄弟。」

對阿吉來說，這個本命鍾馗，鎔鑄了一個國寶級製偶師的魂魄，更有他的精神在裡面。

雖然得到這個本命鍾馗的時候，師父呂偉道長已經不在人世，但是相信他的在天之靈，肯定也會為自己得到這個鍾馗戲偶而感到欣慰吧。

當年劉易經就曾經直言過，沒有任何戲偶可以承受得了阿吉的操偶技巧。

就連呂偉道長當年，也曾經東奔西走，就是為了幫阿吉求得一尊足以與他操偶技巧匹配的戲偶，但是隨著製偶業的凋零，會製作戲偶的人越來越少，困難度也跟著水漲船高。

結果一直到最後，呂偉道長都沒能幫阿吉找到一尊戲偶。

但是一切就好像呂偉道長在臨終前告訴阿吉的話一樣，即便他的選擇不在這條道路上，宿命還是會找上他。

至於這條宿命之路，到底最後會通往什麼樣的結局，阿吉完全不知道。

不過阿吉非常確定，現在能夠幫助他突破困境的，只有這尊刀疤鍾馗了。

就在這個時候，外面突然傳來了聲音。

「阿吉，」何嬤的聲音從外面傳了進來：「有人找你。」

阿吉應了一聲之後，將箱子重新鎖好，然後走出儲藏室，果然看到了一個男人就站在何嬤旁邊。

「你是……」阿吉皺著眉頭說：「光道長的大弟子，陳永以。」

阿吉向何嬤點了點頭，表示接下來交給自己就可以了，何嬤也點頭回應之後，轉身離開。

陳永以似乎也有意想要講些私人的話，因此在確定看到何嬤消失在樓梯口之後，才轉過來對阿吉說：「我是代表南派的三哥還有我師父來跟你傳信的。」

聽到對方這麼說，阿吉的臉立刻沉了下來，因為南派三哥正是道上給阿畢取的稱號。在「易經之禍」之前，頑固老高一共收了三個弟子，其中阿畢是最小的弟子，至於大弟子跟二弟子，其中一個死於當年的易經之禍，沒能從天滅魔之陣中逃出來，另外一個在歷經易經之禍後，便離開了道士這一行。

雖然後來頑固老高又收了幾個弟子，不過這些弟子還是沒有阿畢跟他來得親，畢竟也算是一起度過了生死劫難，所以兩人的交情到後來甚至有如父子一樣。在呂偉道長開放唯一一個名額的特許之下，頑固老高更指定了阿畢到北派留學。

當阿畢學成之後，跟著頑固老高一起也算是順利重振了南派，而南派的弟子裡面，有個曾經受過一零八道長親自指點的三師兄，阿畢南派三哥的名號也就越來越響亮，甚至在這幾年頑固老高準備退位，逐漸減少露面次數的情況之下，阿畢幾乎已經是南派的代表人物了。

因此只要說起南派的三哥，在鍾馗派裡面幾乎可以說是無人不曉。

「阿畢……」阿吉仰著頭凝視著陳永以說：「什麼時候跟劉瑜光走得那麼近了？」

既然知道光道長與阿畢是一夥的，阿吉認為他已經不配被尊稱為光道長，因此也就直呼光道長的本名了。

「不管是我師父還是南派的三哥，都是我們鍾馗派很重要的人物，」陳永以臉上掛著一抹微笑說道：「他們兩個本來就距離不遠了，不過這可能不是你們鍾馗派以外的人可以了解的事情。」

陳永以的言下之意，似乎已經把阿吉排除在鍾馗派之外了。

但是，對阿吉來說，比起這些聽起來有點酸意的話，真正讓他厭惡的還是陳永以那張高傲的臉，以及他講話時那一抹得意的微笑。

另外就阿吉的印象來說，阿畢已經不止一次提醒過自己要小心光道長了，而且平常表現出來的態度，似乎就是對光道長非常不以為然，這樣的阿畢為什麼會跟光道長聯手，這是阿吉最不解的地方。

不過阿吉料想眼前這個負責傳令的傢伙，不可能會知道裡面真實的原因，就算知道，也不可能會坦白告訴自己，因此阿吉也不打算問下去，只希望這傢伙快點把交代的事情辦好，然後帶著那張討人厭的臉，迅速消失在自己的眼前。

「你是來這裡歌功頌德的嗎？」阿吉一臉不悅地說：「他們兩個要你來跟我說什麼？」

「哼，」陳永以冷哼了一聲之後說：「我師父要你明天晚上九點，準時到Ｊ女中，不准聯絡任何人，就你一個人來。如果……你還想要見到你學生的話。」

聽到陳永以的話，讓阿吉原本就已經很臭的臉，這時變得更加兇惡了。

「你們到底想要什麼？」阿吉沉著臉說。

「等你明天到了就會知道，」陳永以露出一臉奸笑：「記住啊，晚上九點，不然的話，一切後果你自己負責。」

殺人、綁架，這根本已經不是對自己學生施法來跟他鬥的層級，而是徹徹底底的刑事犯罪了，即便是一直對自己有所微詞的光道長，這也已經遠遠超過阿吉所能想像的範圍了。

阿吉作夢也沒想到，他們竟然可以做到這種地步，他雙手緊握，一對拳頭也因為胸口不斷上升的憤怒而跟著顫抖了起來。

眼看阿吉這樣敢怒不敢言的模樣，讓陳永以非常得意。

「好啦，」陳永以揮了揮手說：「該傳的話我已經傳到了，其實我是可以用電話隨便通知你就好了，不過我實在不願意錯過看到你一臉挫敗的樣子。你以為你是誰啊？不過就只是一個過氣老頭的弟子，在道士大會上面看你那模樣，早就想要挫挫你的威風了。這就叫做什麼？喔，搖擺沒有落魄久啦。」

「……滾！」阿吉冷冷地說。

被下逐客令的陳永以不以為意，得意地笑了兩聲之後，轉身準備離開。

這時阿吉突然想到一件事情，出聲叫住了陳永以。

「等等！」

陳永以聽了，停住腳步，轉過身來看著阿吉。

「怎樣？」陳永以問。

阿吉皺著眉頭，然後朝陳永以這邊走了過來。

「我想起來了，」阿吉邊走邊說：「你……在拜入劉瑜光的門下之前，曾經學過茅山術，對不對？」

聽到阿吉這麼說，陳永以猶豫了一會之後，才點了點頭，反正這是很多人都知道的事情，雖然不算是什麼秘密，但陳永以還是對阿吉記得這件事情感到有點訝異。

「是沒錯，」陳永以一臉無所謂的表情說：「然後呢？」

聽到陳永以承認，阿吉立刻挑起了眉毛。

當時在陳伯調查完陳純菲母親所養的屍靈，有運用到茅山術與鍾馗派的東西時，阿吉在心中第一個想到會茅山術的鍾馗派道士，就是光道長的大弟子陳永以。

但是由於隨後得知屍體被人剖空，變成屍殼的情況，阿吉幾乎就已經把陳永以排除在外。

因為雖然阿吉不了解陳永以茅山術的道行有多高，但是要說到將自己的本命鍾馗轉化

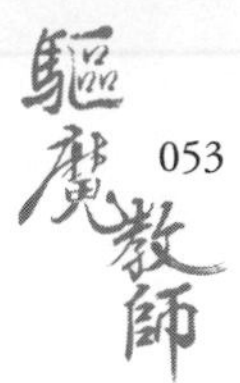

成鬼王鍾馗這檔事，陳永以應該還沒有辦法，就連他的師父光道長，阿吉都有點懷疑了，更何況是他的弟子。

不過如果現在是在阿畢與光道長的聯手之下，恐怕事情就沒有那麼單純了。陳永以很有可能就是協助阿畢等人的幫凶。

因此本來內心已經十拿九穩的阿吉，在聽到陳永以自己承認有學過茅山術之後，阿吉便仰起頭來凝視著陳永以說：「所以我的學生陳純菲她媽媽，就是你教她佈下那樣的陣去養屍的？」

「啊？」

陳永以先是張大了嘴，然後臉色有點尷尬，他完全沒想到阿吉會突然這麼問，因此瞬間還真不知道該怎麼回答。

因為事情真的如阿吉所問的一樣，陳純菲的母親非常相信曾經跟阿吉鬥法，最後搞到自取滅亡的廖師父，而廖師父正是陳永以的弟子。當然廖師父的死，也是陳永以對阿吉抱有敵意的原因之一。

完全沒想到阿吉會突然這麼問，讓陳永以有點慌了：「你……還是先把注意力放在你那個在我們手上的學生吧。不要忘了，明天……準時，不然我不敢保證她的安全。」

「我沒有在問你這個，」阿吉冷冷地說：「我是在問你，那個陣跟你有沒有關？」

眼看阿吉緊咬著這一點不放，陳永以正想要說幾句敷衍的話，誰知道嘴巴才剛張開，阿吉就已經一個箭步衝到他的面前，陳永以連看都還來不及看清楚，下巴就突然被阿吉一拳從下往上痛毆。

陳永以完全來不及反應，整個人被打到頭都仰了起來，退了一步之後，重重地坐倒在地上。

由於剛剛正要開口說話，誰知道嘴巴才一張開，下巴就被人這樣狠狠地重擊，嘴巴立刻又闔上了，上下排的牙齒也重重地互撞在一起，因此不只有下巴痛，就連牙齒也感覺到一陣劇痛，就好像剛剛那一拳已經把整口的牙齒全部都打到搖了起來。

陳永以也不算是第一天出道，臨場反應還是有的，只是因為阿吉的動作奇快，加上又是偷襲，陳永以根本來不及反應。

本來料想自己這邊已經抓到了阿吉的學生，因此阿吉不管怎樣都不敢對自己動手，這一下也算是完全出乎了陳永以的意料之外。

陳永以擔心阿吉追擊，才剛坐倒在地上，強忍著劇痛與暈眩，立刻想要站起來，誰知道大腦在阿吉的這一擊之下，平衡感都被打亂了，一時之間竟然試了幾次都沒辦法站起來，模樣十分狼狽。

雖然陳永以的心理還不至於脆弱到嚎啕大哭，但是生理上因為這樣的劇痛，已經讓他痛到飆出淚來，讓原本已經很狼狽的他，此刻看起來更是可笑到了極點。

真的是印證了他剛剛自己說過的「搖擺沒有落魄久」這句話，才剛撂下狠話，此刻卻

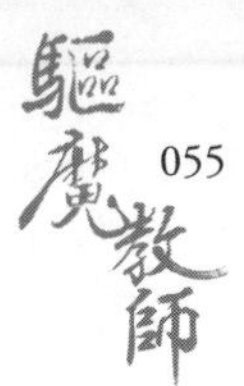

連爬都爬不起來。

不過會有這樣的結果，倒也不是陳永以特別脆弱，而是因為阿吉的這一拳也算是用足了勁。

打從知道自己的學生以及她們的家人是被這些濫用法術的人設計，阿吉的這一拳就一直想要好好地打在這些人身上，然而即便知道了對象，礙於曉潔落入他們的手中，而且阿畢與光道長又不在眼前，阿吉只好先找上這個自以為是的傳令兵。

這一拳讓阿吉忍了很久，而且也等了很久，因此此刻揮下去，可以說是連本帶利，完全讓自己這段時間的怒氣發洩出來。

不要說陳永以了，就連阿吉自己打完這拳之後，都覺得整隻手因此發麻，骨頭也傳來陣陣劇痛。

「你……你瘋啦！」還在地上掙扎爬不起來的陳永以，臉頰留著因為劇痛而飆出來的淚水罵道：「你不管你的學生了嗎？竟然敢動手！」

「呿，」阿吉冷冷地笑著說：「你不要太瞧得起自己了。如果阿畢他們連高道長父女都可以殺，你以為他們會在乎你這個傳話的小弟嗎？」

聽到阿吉這麼說，陳永以瞬間啞口無言。

「還有，」阿吉瞪著陳永以說：「我知道你們一定有什麼需要我的地方，所以才會拿我的學生當籌碼，不然你們直接針對我殺過來就好，還需要這樣大費周章做出這些喪盡天良的事情嗎？」

說到這裡，阿吉手一甩，手上瞬間多了一把匕首，然後二話不說扔向陳永以。

雖然阿吉這一下扔得沒有很用力，看起來就好像是要拋給陳永以一樣，但是這可不是一般的原子筆或者是筷子，而是刀刃鋒利的匕首，陳永以說什麼也不敢伸手去接。

匕首飛向陳永以的胯下，兩腿開開坐倒在地上的陳永以，眼看匕首朝著自己的胯下而來，立刻害怕又驚慌地向後又爬又扭地退了幾下，匕首撞到地板之後還滑了一下，驚險地在刺入陳永以的胯下之前停了下來。

阿吉攤開手，拍了拍自己的胸口說：「來啊！證明我是錯的啊！」

感覺自己大難不死的陳永以，先是愣愣地看著那差點斷了自己命根子的匕首一會之後，才狠著臉撿起匕首，然後從地板上爬起來，用匕首指著阿吉。

阿吉見狀，又再次攤開手，拍了拍胸，臉上寫著「儘管來吧！」的表情。

又氣又怒的陳永以，將匕首朝阿吉的方向用力一投。

阿吉連動都沒有動，匕首在與阿吉有一段距離的牆壁上擦出了一些火花，然後繼續向走廊盡頭飛去，消失在視線之中。

阿吉沒有說錯，這點陳永以自己也明白，對他們來說，阿吉的確還有非常重要的用處。因此，即便現在陳永以處於又怒又恨的情況，也不敢拿阿吉怎麼樣。

「滾回去吧！」阿吉一臉不屑地說：「告訴阿畢跟那個劉瑜光，他們會為他們的所作所為付出代價的。」

陳永以惡狠狠地瞪了阿吉一眼之後，轉身快步離開。

看著陳永以的背影消失在樓梯口，阿吉沉痛地閉上雙眼。

到底是什麼樣的機緣，可以讓一個人徹底變成禽獸？

這個問題，他想要好好地問問那個曾經是自己好兄弟的男人，阿畢。

第3章・遺物

1

十多年前，深夜的頑固廟——

這裡是劉易經的書房，在所有人應該都已經沉沉睡去的此刻，書房的燈光依然亮著。

在書房的中央，有著一張很大的桌子，此刻一具屍體就平躺在桌上，屍體的腹部被剖了開來，裡面的臟器全部都不見了，只剩下一個空殼。

劉易經就站在這具屍殼前面，愣在那裡不知道過了多久。

經過醫院的檢查，劉易經非常清楚，自己這條命已經差不多要到盡頭了。

現在對劉易經來說，差別只在於要如何離開。

告別是需要學問的，這點劉易經當然非常清楚，但是他真的不甘心。

他可以接受自己的命運，在人生巔峰之際就被迫要離開人生的舞台。

他可以接受自己成就沒有那麼多，甚至可以接受自己即將被遺忘。

但是，只有一件事情他真的無法接受，那就是自己的存在，只是一場空。

這對劉易經來說，真的是比死還要難過。

哪怕只有一小步，他都希望可以在鍾馗派這千年的歷史之中，留下一點奮鬥過的痕跡。

即便到了現在，劉易經的心中仍然記得，當第一次成功佈下天滅魔之陣時的喜悅。

他也還記得，自己在穿梭於天滅魔之陣時，那一次又一次度過的危機，乃至於到最後甚至可以穿梭於其中而沒有半點阻撓。

在沒有多少口訣的支持之下，他獨自讓天滅魔之陣重現於世，並且冒著生命危險，深入其中，就只為了研究裡面的諸多變化，找尋出破解之道。

如果有人認為劉易經畢生的成就，就只為了讓一段口訣復活，他還是覺得不枉此生。

可是，現在到了生命的盡頭，他卻必須接受自己用一生換得的這一段口訣，將跟其他口訣一樣，永遠失傳。

因為他的弟子至今還沒有一個人可以完整地記住這段複雜至極的口訣。

沒有任何繼承人可以把口訣傳承下去的話，自己的存在將會有如流星劃破天際一般，只留下一個短暫又絢麗的畫面，沒有半點痕跡可循。

……自己的人生，終究只是一場笑話。

劉易經完全沒有辦法接受，他不甘心自己的人生只是笑話，也因此痛苦了好幾天。

但是就現在的他來說，不管做什麼都已經來不及了。

他的那些學生，不可能在短時間之內，記住過去那麼長一段時間都記不住的口訣，他更不可能將自己的口訣記錄下來，因為祖師鍾馗早就已經定下了門規，隻字片語都不得以任何形式記錄下來。

因此劉易經非常清楚，自己只有一條路可以走，那就是……背叛師門。

劉易經將自己的本命鍾馗拿了起來，他非常清楚一旦將戲偶放入屍殼之後，就是一條不歸路。

雖然這不是現在才做出來的決定，但是到了這最後一步的時刻，劉易經還是有點猶豫了。

這時劉易經的腦海裡面突然浮現出那個男人的臉，那是呂偉道長，一個跟自己齊名的男人。

他想起了自己曾經跟呂偉道長促膝長談，講了許多關於口訣的心得，以及一些對於鍾馗派現狀的看法。

他想起了呂偉的夢想——補完口訣，然後流傳下去，讓分裂的鍾馗派重新團結起來。這樣的想法對劉易經來說，實在是太過於奢侈，甚至到了有點不切實際的地步。

畢竟現在的他，連補完一段口訣，想要傳承下去，都已經是不可能的事情了，更何況全部的口訣？

「你還在作那個奢侈的夢嗎？我的朋友。」劉易經慘然一笑說：「現在，該是我讓你夢醒的時候了。」

想起呂偉道長，讓劉易經的決心又再度堅定了起來。

「這就當作是我的臨別贈禮吧！」劉易經不再猶豫，將本命鍾馗放入屍殼之中：「你如果想要收完一百零八種靈體，你就一定需要一個墮入魔道的人逆靈！」

劉易經將自己的本命鍾馗放入屍殼之中，然後將屍殼封起來，閉上雙眼，口中開始唸起咒文。

與此同時，兩道淚水也從緊閉的雙眼流了出來。

這是對於自己的命運感到無力的淚水，不過即便這是一條修羅之道，劉易經還是毅然決然地踏上了。

淚，乾了。

劉易經張開雙眼，那是一雙充滿血絲卻堅毅無比的雙眼。

「不成材的弟子們，」劉易經恨恨地說：「你們就想辦法從那些你們永遠背不起來的口訣之中去悔恨吧！」

2

在完成了血祭本命戲偶之後，一切就好像傳說中的那樣，劉易經感覺到有股恐怖的力量在全身四處流竄著。

他甚至覺得自己連呼吸都有法力在吞吐之間，劉易經本身在墮入魔道之前，就已經是非常有道行的法師，在墮入魔道之後，他更深刻地感覺到在自己體內，那股逆天的力量。

在血祭了自己的本命戲偶之後，尊崇的祖師便從驅魔真君變成了鬼王鍾馗，即便是相同的口訣，自然而然也會有完全不同的領悟。

原本降妖伏魔的口訣，此刻都變成了控制與號令鬼魂的利器，這就是鍾馗派一體兩面的恐怖力量。

劉易經非常清楚自己已經甦醒了，現在他要在這個世界，留下永遠無法抹滅的傷疤，讓自己的存在絕對不會像一道流星一樣，只是劃破天際就消失。

劉易經已經計畫好要幹一場讓鍾馗派的人，永遠都無法忘懷的大事。

他要讓所有人永遠記得，天滅魔之陣不會就這樣永遠失傳。

當然劉易經也知道，自己很可能會在做完這件事情之後，就跟著鍾馗派而消殞，不過一切都值得。

照劉易經的計畫，他希望趁著其他人沒有注意的情況之下，在東南西北四派的大本營都佈下天滅魔之陣。

在這個計畫之中，唯一比較困難的，應該就屬北派呂偉道長所在的廟宇，當然這座廟宇當時還沒被人尊稱為么洞八廟，只是住在裡面的呂偉道長，可能是這個世界上唯一一個可以破解天滅魔之陣的人。

可是這並不代表劉易經辦不到，畢竟呂偉道長還是有弱點，這點他非常清楚，也正是因為要矯正這樣的弱點，劉易經才會決定給呂偉道長來個震撼教育。

只是劉易經想不到的是，本來他還以為有點時間可以為接下來的腥風血雨多做些準備，豈料頑固老高很快就發現了那具藏在地下室的屍殼。

他這個師弟渾身上下還真沒有什麼優點，唯一一個優點跟最大的缺點，就是頑固。

即便是沒有人會去，只是拿來堆積雜物的地下室，身為師弟的頑固老高還是會監督弟子做好打掃的工作，甚至比他做道士本業還要認真。

如果不是因為頑固老高要去打掃那根本沒人使用的地下室，就不會發現異狀，更不會進而發現那具被藏在角落的屍殼。

當時劉易經已經作完法，取出了血鍾馗，那具屍殼本來就沒什麼功用了。

劉易經本來還以為，一直到自己動手，都不會有人發現那具屍殼。

可是當頑固老高白著一張臉，嚇到有點語無倫次地跟自己報告地下室那具屍殼的時候，劉易經知道自己得要加快腳步了。

這個突如其來的變化，讓他不得不放棄在最後一個地方，也就是北派佈陣的計畫。如果沒有足夠的時間，與其冒著打草驚蛇，提前驚動呂偉道長的險，不如毅然決然地放棄。

雖然被迫放棄了北派，但是另外兩派，劉易經還是按照既定的計畫去實行。

早在規劃這一切的時候，劉易經就已經開始每天抽一點自己的血，目的就是為了動手的時候，有足夠的血液可以佈下天滅魔之陣。

劉易經藉口去拜訪了東派與西派幾間比較具有代表性的廟宇，並且趁著大夥不注意的時候，佈下了天滅魔之陣。

當然最後，他也在自己的家，也就是南派的大本營頑固廟，佈下了相同的陣。

在被鍾馗派的道士們稱為「易經之禍」的那一天，劉易經就站在頑固廟的三樓，親眼看著自己的弟子以及頑固老高等人，全部進入天滅魔之陣。

當然劉易經並不算絕，在確定所有人都被捲入滅陣中後，他特別在陣外佈下了一條法索，因為在沒有準備的情況下入滅，沒有人能夠靠著自己的力量脫困，他佈下這條法索，至少可以確保那些學好口訣的人，絕對有辦法逃出天滅魔之陣。

對劉易經的那些弟子以及頑固老高來說，這真的是一場血之期末考，考得過的人就可以逃出生天，考不過的也不用留級了，就直接與天滅魔之陣一起滅亡。

在經過了幾個小時的等待之後，血之期末考的成績終於揭曉，劉易經的七個弟子沒有任何一個人通過這場測驗，逃出來的五個，全部都是頑固老高的人。

劉易經冷眼看著頑固老高帶著他的女兒和弟子們，狼狽地逃出了頑固廟。就他對自己師弟的了解，他什麼也不需要做，頑固老高自然會把那個男人帶到他的面前。

一旦那個男人出現在自己的面前，也意味著這條旅途即將來到終點。

不過，在抵達終點之前，他還有一件事情需要做。

劉易經打算將自己的人生與畢生所學，全部用紙筆記錄下來，打破那個從祖師鍾馗一脈傳承下來之後，就沒有任何人敢打破的鐵則。

劉易經連夜將一切全部記錄下來，就在他完成的那一天，頑固老高也帶著呂偉道長師徒，回到了頑固廟。

劉易經將這本擁有自己畢生記載的書籍，藏在自己的書房，然後便與呂偉道長進行了人生之中的最後一場戰鬥。

3

是夜，J女中。

今天是放寒假的第一天，原本應該已經空無一人的學校，此刻正有許多人在裡頭忙進忙出。

就算不是寒假，到了這個時間，按理說學校應該也沒有什麼人才對，但是在夜已深的此刻，學校上上下下卻有許多人在來回忙碌著。

今天對在這間學校裡面的眾人來說，是一個非常重要的日子，甚至可以稱為是重生的日子，在今晚過後，一切都將會跟過去完全不一樣。

因此即便忙到了這個時間，大夥臉上還是充滿幹勁，甚至看得出些許的興奮感，彼此之間也充滿了一股融洽的氣氛，那種感覺就好像是過年過節一樣。

阿畢站在屋頂，冷眼看著底下忙進忙出的眾人，這幾天因為寒流來襲的關係，今年的暖冬一瞬間下探十度，讓原本還穿著短袖的民眾，紛紛穿上了大外套，換上禦寒的衣物。

阿畢非常討厭冬天，因此除非是逼不得已，不然他一點也不想換上冬季的衣服，甚至不想去感受到冬天的任何氣息。

因為只要是像今天這樣寒冷的日子，他總是會在不經意之間，想起了那一天所發生的事情。

就像現在一樣，當時的情景又再度浮現在阿畢的腦海。

約莫十年前，在一個寒冷的冬天，那時候的阿畢剛完成了北派「留學」，與高梓蓉兩人一起回到了頑固廟。

那年的冬天，幾乎可以稱作是阿畢早期人生的春天。

在學成返鄉之後，阿畢感覺自己的人生有了很大的改變，他不再是以前那個害羞又寡言的人，反而變得外向且善辯。

更重要的是，這不只是個性的改變，阿畢更不負重望，補足了南派一直以來都殘缺不堪的口訣。

不管是師父頑固老高，還是同門的師弟們，每個人看自己的眼神也完全不一樣了。

那種感覺真的很棒，讓人對所有事情的感覺都有所不同了，走路有風大概就是說這樣的情況。

這種風光的感覺就好像毒品，真的會讓人上癮。

可是，只有一個人，看他的眼光卻依然未變。

偏偏那個人，正是阿畢最在乎的一個人。

就在所有人都對阿畢的變化感到不可思議的時候，只有一個人非常清楚這個變化到底是怎麼回事。

那個人不是別人，正是跟阿畢一起到北派的高梓蓉。

高梓蓉在「易經之禍」被劉易經打傷一直沒有辦法完全康復，為了可以獲得妥善的照顧，呂偉道長把高梓蓉接到么洞八廟，讓鍾馗派最有名的醫師道長陳伯可以就近照顧。

墮入魔道之後的劉易經，威力不容小覷，因此要治癒她的傷勢，也算是傷透了陳伯的腦筋。

所幸在呂偉道長與陳伯的努力之下，高梓蓉也日益康復，最後終於脫離險境，並且完全恢復了健康。

在養傷的那段時間裡面，高梓蓉也算是親眼目睹了阿畢的成長與變化。

她非常清楚，阿畢之所以有這樣的變化，完全是在模仿一個人。

那個人不是別人，正是呂偉道長唯一的弟子，也是高梓蓉從小就很熟悉的阿吉。

或許就是因為親眼目睹了阿畢的變化，因此在高梓蓉的眼裡，阿畢永遠都是那個阿畢。因此對比之下，高梓蓉看阿畢的眼神，總是比別人還要冷淡。

這讓阿畢感到無比的難受。

因為，打從第一天拜入頑固老高的門下時，阿畢就對高梓蓉有種特別的感情。

阿畢非常喜歡高梓蓉，正因為如此，高梓蓉的冷淡對阿畢來說，是種痛苦的折磨。

即便阿畢表現得一切正常，也沒有對這樣的情況有任何的意見，但是沒人知道在那段時間裡面，阿畢內心裡的痛苦與折磨。

只是阿畢不知道的是，高梓蓉其實非常討厭他處處模仿阿吉的樣子。

阿畢的確很喜歡，也很崇拜阿吉，但這卻不是阿畢模仿阿吉的原因。

事實上，阿畢對阿吉還有另外一種情緒的發酵，那就是忌妒。

尤其是看到高梓蓉與阿吉在一起的模樣，更是讓阿畢感覺心如刀割。

因為從小就在廟裡長大，身邊幾乎都沒有其他女性的情況之下，讓高梓蓉也變得有點像個小男生一樣，再加上父親頑固老高比較不苟言笑，讓高梓蓉也習慣板著一張臉。

但是在留學北派的時候，阿畢看到了完全不一樣的高梓蓉。

尤其是當高梓蓉跟阿吉相處的時候，不時可以看見笑容掛在高梓蓉的臉上。

阿畢這輩子，從來都沒見過那樣的高梓蓉，她的笑容是如此燦爛。

這才是阿畢會想要模仿阿吉的最主要原因，因為阿畢希望有一天，可以看到高梓蓉也為自己綻放出那燦爛的笑容。

可是阿畢萬萬沒想到的是，同樣的行為套用在自己跟阿吉身上，高梓蓉卻有完全不同的感受。

終於，在雙方互不了解的情況之下，發生了那件事情。

再也受不了阿畢這樣模仿阿吉的高梓蓉，對阿畢說了這麼一句話。

「你為什麼老是要弄得跟阿吉一樣？跟個小丑一樣……很討厭。」

這句話對阿畢來說，就好像有人在胸口開了一槍一樣，劇痛無比，儘管臉上還是維持著一貫從阿吉那邊抄襲下來的無所謂笑容，但是這句話卻帶給了阿畢無比的傷害。

一直到現在，高梓蓉的那一句話仍然烙印在阿畢的腦海之中。

阿畢當下雖然打哈哈地蒙混過去，並且瀟灑地調頭離開，但是淚水已經在眼眶裡面打轉。

那是為自己感覺到委屈的淚水。

不過，這時的阿畢已經不是一個可以隨意流淚的人。

他是南派的代表，更是所有人尊崇的對象，因此他不能讓別人看到自己懦弱的眼淚。

於是，趁著心中的那股哀傷化為淚水從眼眶流出來之前，他衝到了那個地方，那個被頑固老高以及其他所有師弟視為禁區的地方。

即便是頑固老高，也沒有指派任何弟子去維護打掃的地方。

因為那裡，曾經是劉易經最愛用的書房。

雖然在經歷了「易經之禍」之後，頑固老高曾經一度改建過頑固廟，但是礙於經費的不足，所以沒有能拆除這間在角落的書房。

不過在那場悲劇過後，頑固老高便將那間書房給上了鎖，禁止任何人進入，而那把鑰匙也在阿畢從北派留學回來之後，一起託付給了阿畢。

因此，整間廟宇上下，只有阿畢才能夠進去那間書房。

當然，阿畢對那間書房沒有特別的感覺，但是在成為受人矚目，宛如明星一樣存在的三哥之後，每每只要阿畢想獨處或者是稍微靜一下，就會溜到這間書房。

也只有在那間書房裡面，阿畢才能盡情地放鬆，不需要隨時注意著旁人的目光與期待。

在眼淚奪眶而出的那一刻，阿畢閃進了書房之中。

在這間曾經是劉易經的書房裡，阿畢痛哭了一場，這不只是單純的悲傷，而是混雜了不甘心與委屈的心情。

因此在痛快地大哭一場之後，阿畢憤恨地朝著劉易經的書桌踹了一腳。

阿吉做就有趣，自己做就變成了跳梁小丑？這是什麼大小眼啊！

心中又怒又不平的情緒，也只有在劉易經曾經最愛的小空間裡面，才能獲得些許的抒發。

阿畢憤恨地踹著劉易經生前愛用的書桌，誰也沒想到這一踹，竟然踹出了一個天大的祕密。

一本書，就這樣從書桌下方掉了出來。

阿畢感到不解，蹲下去看個清楚，才發現原來這本書是被貼在書桌底下的。

阿畢將書撿起來，打開一看，光是第一面就已經讓阿畢感到震撼。

「我是劉易經，這本書是我的人生以及畢生所學。」

這本書是出自劉易經之手，這已經讓夠讓阿畢驚訝了，然而，裡面記載的內容，卻更讓阿畢感到震驚。

原本還以為是類似日記之類的東西，想不到阿畢隨便一翻，赫然發現裡面竟然記錄了鍾馗派的口訣。

想不到那個劉師伯，竟然大逆不道地將口訣給記錄下來了？

阿畢會這麼震驚，當然是因為鍾馗派第一大門規，就是禁止以任何形式記錄下口訣。

哪怕只是隻字片語，甚至於一些輔助自己記憶的記號，都被視為違反門規。

一旦有任何類似的情事，絕對是逐出師門，永不傳授口訣。這就是鍾馗派不分任何派系最重要的門規。

然而，這樣的門規對一個已經背叛師門，墮入魔道的劉易經來說，只是個笑話。

不行！我要把這本書交給師父，這件事情非常嚴重！

在那個當下，阿畢的確這麼想，但是當阿畢走到了門口，還沒有打開門直衝頑固老高辦公室的時候，阿畢卻停了下來。

阿畢非常了解頑固老高，將這本書交出去，頑固老高肯定二話不說，直接就要人放把火把它燒了。

在這本書被徹底銷毀之前，阿畢有點好奇，裡面到底寫了些什麼。因為一直到現在，都沒有人真正了解為什麼當年劉易經會做出那樣的事情。或許，這本書裡面會有答案。

有了這樣的想法，阿畢又退回到書桌旁，重新坐了下來，然後深呼吸一口氣之後，將書本給打了開來。

正如阿畢所料，書本的前段，詳細記載了劉易經的心路歷程，以及為什麼要墮入魔道的原因。

那種好不容易有了成就，卻注定被人忽視、遺忘的心情，跟現在阿畢的心境產生了共鳴。這與一直得不到高梓蓉的認同，讓阿畢有種自己努力了半天，卻終究還是被當成路人甲的感覺，有某種程度上的吻合。

雖然阿畢不是劉易經的弟子，而且實際上與劉易經相處的時間也不長，在經歷了「易經之禍」之後，阿畢心中甚至一直把劉易經當成了一個很恐怖的惡魔。

但是，現在看著這本劉易經遺留下來的「遺書」，卻大大改變了劉易經在阿畢心中的印象。

在看完前半的生平之後，書本的後面幾乎全部都是記錄劉易經的畢生所學。

在這些「畢生所學」之中，最前面的部分就是鍾馗派傳承下來的口訣。

看到這裡，讓阿畢想起了自己在北派留學時候的一個景象。

那一天是呂偉道長外出辦事的日子，所以阿畢也跟著休息一天，但是阿畢沒有閒著，他留在自己的客房裡面，背誦著前幾天呂偉道長傳授給他的口訣。

然而，在阿畢打算休息一下，無意間經過呂偉道長辦公室的時候，他發現呂偉道長不知道什麼時候回來了，而且阿吉也在辦公室裡面。

原來呂偉道長已經回來了啊……？

就在阿畢這麼想的時候，他突然聽到了阿吉在複誦類似口訣的話語。

這點讓阿畢覺得不可思議，因為這時候的阿吉至少也已經跟了呂偉道長十年了，不太可能到現在還有沒記住的口訣。

或許是跟當時劉易經還在的時候一樣，每隔一段時間就進行抽考吧？

阿畢一開始的確這麼想，可是很快就發現情況似乎不是這樣。

因為兩人一直處於呂偉道長講一句，然後換阿吉背誦一句的狀態，看起來就跟這些日子以來，呂偉道長傳授口訣給自己的樣子一模一樣。

而且，在每一句話當中，呂偉道長還會另外向阿吉解釋的樣子，因為呂偉道長講話比較小聲，所以在門外的阿畢並沒有辦法聽清楚呂偉道長說的話，只有阿吉大聲背誦的時候，阿畢才能聽見裡面的內容。

從背誦的內容聽起來，似乎是天喪魔的口訣，但是聽了幾句之後，反而讓阿畢感到困惑不已。

天喪魔的口訣，上個禮拜呂偉道長才傳授給阿畢。

但是此刻聽到阿吉所背誦的部分，卻讓阿畢產生了莫大的困惑。

口訣的內容，為什麼會跟自己學的不一樣？

按理說，口訣不是應該都一樣嗎？

還有，為什麼會到現在才傳授口訣？

許多疑惑浮現在阿畢的心頭，而就在阿畢百般不解的時候，呂偉道長突然抬起頭來。

阿畢怕被呂偉道長看到，趕緊將頭縮回來。

對鍾馗派的道士來說，偷聽口訣也是大忌，因此阿畢不敢讓呂偉道長發現，趕忙偷溜回自己的房間。

在那之後，阿畢總會想起當時的場景，並且思考著為什麼阿吉所學的口訣跟自己不一樣。

一直到現在，阿畢都懷疑著呂偉道長會不會是教給自己錯誤的口訣，但是在比對過劉易經遺作裡面所記載的東西之後，發現口訣其實大同小異。換句話說，呂偉道長並沒有教錯自己。

既然如此，為什麼會有這樣的差距？

在口訣之後，劉易經還詳細記錄了自己墮入魔道的過程與在那之後的情況。

等到阿畢再次抬起頭來時，外面已經天黑了。

自己在不知不覺中，已經看了一個下午的書。

自己不見那麼久，說不定頑固廟上下都已經在找他了，阿畢站起來，準備出去。

不過在出去之前，阿畢做出了一個決定。

他決定暫緩將這本書交出去，打算等自己看完之後，再把它交給師父。

結果，直到死在阿畢手上，頑固老高始終不知道這本書的存在。

因為阿畢不但將這本書一直收藏在自己身上，還將裡面所有劉易經所記錄的口訣背了下來，當然也透過這本書知道了墮入魔道方法，更清楚墮入魔道之後會有的情況。

因此，在阿畢決定踏上與劉易經一樣，背叛師門的道路之後，他也很快就掌握住該如何控制這股逆天的力量。

在頑固老高死前，雖然很清楚地認出了那是劉易經的手法，但是卻完全不知道為什麼阿畢會使用跟劉易經相同的手法。

「為……什麼？」

這句話成為了頑固老高為自己人生劃下句點的最後一句話。

因為，他作夢也沒想到自己的師兄會把他的畢生所學，大逆不道地記錄下來，更料想不到這個自己即將託付一切的弟子，會瞞著他這件事情。

Ｊ女中的屋頂，阿畢仰著頭嘆了口氣。

在阿畢的面前，有一個鐵桶，那本多年前從劉易經書房裡面找到的「遺書」，現在正躺在鐵桶裡面。

阿畢面無表情地在書上撒了點油，然後將火點著，鐵桶裡面的書本很快就熊熊燃燒了起來。

現在的阿畢，已經不需要這本書了，裡面的內容他早就已經背得滾瓜爛熟。

屋頂的大門突然打了開來，走進一個男子對阿畢說：「三哥，大會要開始了，光掌門要你過去。」

「知道了。」阿畢揮了揮手。

阿畢繼續站在那裡，看著那本書在火光之中慢慢地變成一團灰燼。

確定整本書都燒毀了之後，阿畢才轉過身去，頭也不回地離開。

一切都會在明天結束，又或者可以說，在明天之後，一切才會正式開始。

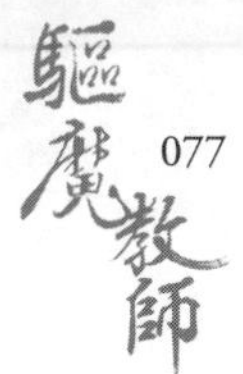

第4章・鍾馗派

1

第二天，也就是阿畢與光道長指示要阿吉前往J女中的這一天。

站在呂偉道長的牌位前，阿吉感覺到無比的挫敗。

對他來說，至今為止所發生的一切，無一不是證明自己終究還是不如師父。

阿吉知道自己錯了，而且錯得非常離譜。

在他跟呂偉道長成為師徒的這些年，師徒之間就只有兩件事情，有過天壤之別的看法。

一件是到底該不該公布完整的口訣，而另一件，就是關於阿畢這個人。

這兩件事情原本應該永遠沒有答案，但是在今天，這兩件事情都有了明確的答案。

阿吉非常清楚自己錯了，而且錯得非常離譜。

當然，阿吉也知道呂偉道長在天之靈，不會取笑自己的這兩個錯誤，因為呂偉道長一向不是那種會嘲笑自己弟子失敗的師父，相反的，呂偉道長總是會包容阿吉所犯下的錯誤。

但是，這並不會讓阿吉比較好受，因為當初的這兩件紛爭，都是關係到信仰問題，那是對於人性與價值觀的看法，因此對於這兩件事情，阿吉的痛並不在於自己是錯的，而是價值觀與自我世界的崩毀。

當時的阿吉並不認為自己是錯的，因此與呂偉道長起了爭論。最後，這兩件事情爭執過後，呂偉道長與阿吉做了協議。一個是十年之約，而另外一個，正是他現在要去做的事情。

在準備好一切之後，阿吉寫了一封信，並且帶上了所有的裝備，身上穿的正是那件呂偉道長為他量身訂做的金色道袍，腰間所繫的是從保險櫃裡拿出來的鍾馗寶劍。現在這已經不是召開道士大會之後才能運用的東西了，既然光道長已經跟阿畢聯手了，動用鍾馗寶劍就不需要再經過他們同意了。

阿吉將信交給了何嬤，並且把整起事件的始末告訴何嬤，對阿吉來說，打從這間廟宇存在開始就一直在這裡服務的何嬤，是即便到了這種眾叛親離的時刻，也值得信賴的對象。

在交代完一切之後，阿吉帶著所有東西來到了兼當停車場的廟前廣場。

這一次，阿吉不打算開那台耀眼的紅色跑車，而是改開過去載著自己與師父南征北討的貨車。

上了車，關了門，阿吉轉過頭，看著么洞八廟。

對阿吉來說，這裡就是他的人生。

打從小的時候就在這個廟前廣場玩耍，然後成為了呂偉道長的徒弟，到最後繼承了這座廟宇。

這裡到處都充滿了回憶，過去在這裡生活的景象，此刻也一一浮現在自己的眼前。

一切記憶都是如此的清晰，但是卻又如此的遙遠。

或許……這是自己最後一次這樣看著么洞八廟也說不定。

心中有了這樣的覺悟，讓阿吉現在有種五味雜陳的感覺。

就這樣在心中跟么洞八廟道別之後，阿吉緩緩地閉上了雙眼，再次張開雙眼時，眼神之中已經沒有任何眷戀，而是一股堅定的神情。

義無反顧……如此而已。

阿吉發動了貨車，然後將車子緩緩地開出了么洞八廟。

目標——J女中。

2

在被阿畢從後面暗算之後，曉潔就一直處於睡睡醒醒、昏昏沉沉的狀態。

大部分的時間都在半夢半醒之間，因此，當曉潔真正清醒過來的時候，根本不知道距離自己被阿畢暗算到底經過了多少時間。但是在那段半夢半醒的時間裡面，曉潔似乎感覺到自己被人搬動，或者被放在車上，隨著地面的起伏而微微晃動。

可是當曉潔一張開雙眼時，眼前卻是個熟悉的地方。

這裡是……教務處？

雖然腦袋有點昏昏沉沉的，不過曉潔看了幾眼之後，非常確定自己所在的這個房間，就是自己學校Ｊ女中的教務處。

這讓曉潔有點不解，甚至有種之前的一切是不是都只是一場夢的感覺，自己明明就是在學校被阿畢迷昏，然後又被搬運了好一段時間，為什麼最後醒來竟然還是在學校裡面？

就在曉潔懷疑一切會不會只是自己的夢境時，劇烈的頭痛讓她不自覺地想要用手去揉揉太陽穴，但是手一動，這才發現她的雙手被人緊緊地綁在椅子後面。

曉潔低頭一看，不只有手，就連身體也被人牢牢綁在椅子上。

看到這情況，曉潔才知道原來一切都不是夢，自己的確被阿畢迷昏，然後被人運來運去，只是最後又再度回到學校裡了。

曉潔搖了搖頭，在雙手不能自由活動的此刻，這是唯一可以幫助自己稍微減輕頭痛的方法，一方面也可以順便刺激一下沉睡已久的腦袋。

在腦袋瓜逐漸清醒的同時，曉潔心中的疑惑也開始越來越多。

為什麼阿畢要偷襲自己？

記得阿畢在偷襲自己的時候，曾經說過那個天滅魔之陣是他佈下的。

問題就在於，當時阿吉也說了，天滅魔之陣是劉易經最擅長的陣法，為什麼阿畢也會？

當然這個問題，不管曉潔怎麼想都不會有答案。

比起這個問題，另外一個問題更值得曉潔去思考。

那就是，阿畢這麼做的目的到底是什麼？

曉潔原本跟阿吉一樣，認為只要幕後黑手浮現，那麼許多答案也會跟著水落石出。

可是現在就算知道阿畢就是那個幕後黑手，她還是不知道他這麼做到底有什麼意義。

或許，從某個角度來說，不管凶手是誰，目的又是什麼，曉潔可能都沒有辦法接受。

因為任何符合邏輯與曉潔價值觀的猜測，曉潔在這幾個月都已經想過了，但是仍然找不到任何可以讓人做出這些事情的動機。

就在曉潔仍然搞不清楚眼前的一切時，從大門進來了一個身穿道士衣服的男子，那男人看到曉潔醒來，臉上立刻浮現出驚訝的表情，接著隨即轉身離開。

看到那人莫名其妙的反應，曉潔更加一頭霧水，過沒多久，一個熟悉的身影從門口走了進來。

曉潔一看到那個人，臉色立刻沉了下來。

因為這時候進來的這個人不是別人，正是把自己迷昏之後，綁在這張椅子上的男人，阿畢。

有別於曉潔沉著一張臉，阿畢倒是一派輕鬆地笑著說：「妳醒得還真是時候，我一直擔心要是妳就這樣睡下去，錯過了最重要的時刻，那我還真覺得有點遺憾。」

不知道為什麼，看著眼前這樣的阿畢，曉潔有種虛偽的感覺，腦海裡面也浮現了當時高梓蓉說過的話。

高梓蓉曾經告訴過曉潔，阿畢以前是個比較木訥害羞的人，不過就是因為模仿阿吉，才會變成現在這樣。

不過對於這樣的模仿，高梓蓉也很直接地下了評論。

「可惜的是，阿畢根本就不了解阿吉……」

不知道為什麼，看著眼前這個綁架自己的阿畢，曉潔心中浮現的正是高梓蓉說過的這句話。

第一眼看到阿畢的時候，曉潔的確覺得阿畢跟阿吉有點相像，因此聽到高梓蓉這麼說的時候，曉潔其實不是很了解。

但是此刻看著眼前的阿畢，曉潔才終於體會到高梓蓉說的那句話背後真正的意涵。

阿畢就是阿畢，跟阿吉一點都不像。

至少，曉潔相信自己所認識的阿吉，絕對不會對一個女人做出這樣的事情。

而且，更不可能在做出這樣的事情之後，還是一副吊兒郎當、無所謂的模樣，因為曉潔已經見過太多次了，該認真的時候，阿吉會比任何人都還要莊重。

這或許就是所謂的「畫皮畫虎難畫骨」，不管怎麼模仿，如果不去了解一個人的心，學到的終究只是膚淺的表面。

正因為這樣的領悟，讓曉潔那一對看著阿畢的眼神，也因此而改變。

「為什麼要這樣看我？」阿畢無所謂地笑著說：「我可沒趁妳昏倒的時候，對妳做出任何事情啊。」

「你跟阿吉不是很要好嗎？」曉潔沉著臉說：「為什麼要這樣對我們班上的同學？」

阿畢聽到曉潔這麼說，拿出手機看了一下時間，距離九點還有一些時間。

「妳知道……」阿畢收起手機，看著曉潔說：「我們的門派叫做什麼嗎？」

「……鍾馗派。」

「不，」阿畢淡淡地搖著頭說：「那一直都只是一個類似約定俗成的稱呼，事實上，我們自從口訣有缺失的時代開始，就分裂成很多派系，真正的鍾馗派，根本打從一開始就不存在。所謂的鍾馗派說穿了，只是統稱我們這些傳承口訣的人，如此而已。」

這點曉潔也曾經聽阿吉說過，但是她完全不明白這跟自己班上的同學有什麼關係。

「在口訣缺失的現在來說，」阿畢接著說：「光是要我們這些鍾馗派的人團結在一起，就已經是個不可能的任務了，更何況稱為一個完整的門派。畢竟沒有了口訣，我們鍾馗派就什麼都不是了。」

曉潔沒有回答，只是沉著臉瞪著阿畢。

「但是，」阿畢聳了聳肩說：「大約在幾年前，一位偉大的道長誕生了，他收服了一百零八種鬼魂，是我們鍾馗派的翹楚。這個偉大的道長，很有可能讓這些已經缺失的口訣再度完整，更有機會讓鍾馗派回歸一統，成為一個完整的門派，重拾過去的威光。」

當然，不需要阿畢多做介紹，曉潔也非常清楚阿畢此刻口中所謂偉大的道長，就是阿吉的師父，呂偉道長。

「是的，」阿畢笑著說：「那個人就是妳也知道的呂偉道長。在他收服了一百零八種靈體之後，有許多鍾馗派的道士上門，希望呂偉道長可以把他的經驗變成口訣，然後將它流傳下來，讓我們鍾馗派可以結束分裂的時代，步向下一個巔峰。但是，呂偉道長卻自稱資質愚鈍，沒有辦法把過去的經驗化為口訣，所以婉拒了那些道長的要求。誰知道……」

阿畢看著曉潔，此刻曉潔似乎有點心神不寧，刻意避開了阿畢的眼光。

因為這些曉潔其實都知道，但阿畢還是繼續說下去。

「誰知道事實並不是這樣，」阿畢雙眼直視著曉潔：「那些只是呂偉道長不想將口訣告訴其他人的藉口。實際上他已經偷偷把口訣傳授給了他的弟子，也就是妳們的老師阿吉。原本呂偉道長還自以為神不知鬼不覺，但是關於他有留下口訣的傳聞，卻從來不曾終止過。」

阿畢說到這裡，曉潔的眼光已經完全沒辦法直視阿畢了，因為現在那些口訣，也在不久之前經由阿吉傳給了曉潔。

「就像我剛剛說的，」阿畢沉著臉說：「口訣對我們鍾馗派來說，就是一切。因此，一些人不願意讓事情這樣下去，想要跟阿吉要口訣。但是既然他們師徒都已經婉拒過那麼多次了，料想阿吉也絕對不會平白無故將口訣公開。既然如此，我們只能採取一些比較激烈的手段。不過對於這樣的手段，鍾馗派很多道士覺得不妥，因為傳言終究還是傳言。比起這一對城府很深、沽名釣譽，一心只想要私藏口訣的師徒來說，鍾馗派的其他道士，因為感念呂偉道長曾經施捨過的恩情，所以一定要確認呂偉道長確實有留下口訣，才願意對阿吉出手。所以我們也只能想辦法讓阿吉使出他的真功夫，只要他用了別道的方法來收拾鬼魂，我們幾乎就可以肯定，他的確握有呂偉道長流傳下來的口訣。」

終於在這段話的最後，曉潔聽到了跟她們班有直接關係的目的，因此仰起頭來瞪著阿畢。

「現在我想，」阿畢聳了聳肩說：「答案再清楚不過了吧？呂偉道長的確有口訣傳承下來，阿吉也利用這些口訣一次又一次地救了妳們，不是嗎？」

聽到阿畢這麼說，真相終於大白了。原來自己班上之所以會遭遇這一切，就只是為了把阿吉逼到絕路，然後看他用師父所給的口訣降妖除魔。

「所以，」曉潔瞪大雙眼叫道：「你們這樣設計我們班，就只是為了口訣？」

「就只是為了口訣？」阿畢叫道：「就為了口訣？妳到底知不知道就是因為少了這些口訣，我們有多少道士死於非命？有多少原本可以解決的事情，最後變得一發不可收拾？妳到底搞不搞得懂啊！」

想不到阿畢會突然變臉，讓曉潔嚇了一跳，一時之間無言以對。

「只要有口訣，」阿畢攤開手叫道：「人人都是呂偉道長，每個人都可以是一零八道長！」

「可是……」曉潔皺著眉頭說：「如果這些都是呂偉道長自己創出來的口訣，呂偉道長真的不願意公布，難道你們就不用尊重呂偉道長死後的意願嗎？」

「那不是願不願意的問題！」阿畢瞪大著眼說：「那些口訣也不是他憑空創造出來的，他也是從鍾馗祖師所流傳下來的口訣之中，找到其他方法的。有口訣，就應該要交出來！」

阿畢說得義正詞嚴，讓曉潔一時之間也有種似乎阿畢講得很有道理的錯覺，完全忘了既然大家都是鍾馗派的傳人，又為什麼不自己努力去悟出祖師爺口訣中的別道，反而要像匪徒一樣去搶人家不知道經過多少努力才完成的口訣。

當然，曉潔也不可能會知道，阿畢自己更是私藏了劉易經費盡畢生心血才完成的口訣，他不但不公布，甚至連傳承下去的打算都沒有，並且還入了魔道。

「但是！」阿畢用手指著外面說：「他們師徒倆不但不交出來，還眼睜睜看著一個接著一個的道士死於非命，就只因為口訣不足。為的是什麼？就是么洞八的虛名！」

「阿吉不會這樣。」曉潔虛弱地反駁。

「當然！」阿畢沉痛地搖著頭說：「阿吉比他師父更糟糕，他甚至不務正業，跑去當什麼女子高中老師，完全不知道那些口訣能夠讓多少人重生！」

聽到阿畢這麼說，曉潔完全沒有話說了。

畢竟，就某種程度來說，曉潔的確也可以接受阿畢所說的話。

如果那些口訣真的可以讓更多人在這條道路上有所幫助，或許是有公開的必要……

當然這段期間都被人用藥迷昏的曉潔，根本不可能知道阿畢在頑固廟裡面所犯下的罪行。

因此光是聽阿畢這麼說，就連曉潔都認為似乎在這件事情上面，呂偉道長跟阿吉的確有理虧的地方。

「我還是認為……你們不應該用那麼激烈的手段。」曉潔有點心虛地說。

「當然，」阿畢冷冷地笑著說：「如果可以，沒人希望用這樣的手段，但是他們師徒讓我們沒有選擇。」

就在這個時候，另外一個道士出現在門口。

「到了。」那道士只有這麼說。

兩個字所組成的簡單一句話，卻讓現場的氣氛頓時有了一百八十度的大轉變。

不需要任何人多說，就連曉潔也知道這句話的意思。

——阿吉，已經到了。

3

阿吉將貨車從學校大門開了進去，很快就發現原本應該有駐校警衛的警衛室，此刻已經改由光道長的弟子負責擔任警衛工作。

光道長的弟子向阿吉揮了揮手，指揮著阿吉，要他把貨車開進去學校裡面。

阿吉照著指示，將車子開進校園，內心卻不禁有點困惑。

這是怎麼回事？難道說，他們已經瘋狂到連學校都挾持了不成？

不過就算他們真的這麼做，阿吉也已經不覺得意外了。

在頑固老高與高梓蓉慘遭毒手之後，阿吉很懷疑這些人到底還有什麼事情幹不出來。

將貨車開進校園沒多久，又看到另外一個光道長的弟子，指揮著阿吉轉彎。

阿吉照著指示轉了個彎，繞了半圈之後，進入了學校的中庭。

一開入中庭，阿吉就看到了那個男人，那個過去曾經是自己稱為兄弟的男人，阿畢。

偌大的中庭之中，就只有阿畢一個人站在中央。

阿吉將車子停了下來，然後下車站到了貨車的前面，兩人之間大約有十公尺左右的距離。

這一幕阿吉昨天已經想過了，當然場景不是在中庭，而是單純就自己與阿畢面對面的這一幕。

到底是哪裡出錯了？

為什麼我們會走到今天這一步？

阿吉的心中浮現出這些問題，但是，他知道關於這點，他永遠也不會有機會得到真正的答案。

「為什麼……」阿吉瞪著阿畢說：「連梓蓉都不放過？」

似乎沒有想到阿吉會劈頭就問這件事情，阿畢面無表情地看了阿吉一會之後，才淡淡地說：「因為要跟過去的一切做個了斷。」

這是發自阿畢內心的答案，因為即便墮入魔道，高梓蓉還是可以牽動阿畢的心，這一點阿畢比任何人都還要清楚。

只要高梓蓉還活在這個世界上，阿畢就沒辦法墮入真正的魔道，就是基於這樣的原因，他需要親手解決這個障礙。

因此除了要給阿吉留下信息之外，高梓蓉還是有不得不死的理由，只有這樣才能真正斷除過去，迎向全新的未來。

當然，關於這點阿吉完全沒有辦法理解與體會，更沒有辦法接受。

阿吉雙手緊握的拳頭，因為心中的怒火而不停顫抖。

不過就連阿吉自己也沒有發現，如果今天不是高梓蓉被殺害，阿吉肯定會希望可以好好跟阿畢談談，他的心中還是存有一絲可以將阿畢拉回正軌的希望。

但是，如今高梓蓉已經被殺了，阿吉也徹底知道阿畢將永遠沒有回頭路，因此他也絕對不會再存有那種可以拉回阿畢的想法。

眼下的阿畢對阿吉來說，只是一個綁了自己學生的綁匪與殺人犯，如此而已。

「我已經來了，」阿吉強壓著心中熊熊燃燒的怒火，盡可能冷靜地說：「我的學生呢？」

「哼，」阿畢冷笑了一聲之後，搖著頭笑著說：「其實在一切開始之前，我真的沒有想到會那麼順利，因為我不確定你會真的那麼在意你的學生。我不得不說，你還真是讓我意外啊。」

「哪裡，」阿吉冷冷地說：「你也不遑多讓，我作夢也沒想到你會是個殺了自己師父與師妹的畜生。廢話少說，我的學生呢？」

「你不先聽聽看，」阿畢臉上笑容依舊，半點也不受阿吉冷嘲熱諷的影響：「我們千辛萬苦找你過來為了什麼嗎？」

阿吉搖搖頭說：「在這之前，我要先確定我學生的安全，不然一切都免談。」

阿畢看到阿吉的模樣，非常清楚如果不給阿吉看到曉潔安然無恙，一切都進行不下去。

阿畢舉起手來，拍了拍手，過了一會之後，果然看到兩個光道長的弟子，帶著曉潔從教務處走出來。

看到曉潔，阿吉立刻瞪大了雙眼。

「葉曉潔，」阿吉對曉潔叫道：「妳沒事吧？」

「沒，」曉潔搖搖頭回答：「沒事。」

「如何？」阿畢攤開手說：「沒問題了吧？」

阿吉看到曉潔沒事，心中的那顆大石頭也確實放下了，但是阿吉也非常清楚，情況並沒有就此改變。

「我很好奇，」阿吉轉向阿畢說：「你是什麼時候跟劉瑜光聯手的？」

在過去，阿吉不止一次聽阿畢提醒自己要小心光道長，因此對阿吉來說，最不能接受的就是這件事情。一個老是提醒自己要注意光道長的人，為什麼反而會跑去跟光道長聯手？

聽到阿吉這麼問，阿畢臉上的笑容頓時消失，眼神也改變了。

看著阿畢那張看起來就好像對自己非常失望的表情，阿吉突然想起了上次看到這個表情的情況。

那是阿吉把自己決定放棄道士這條路，準備要去女子高中當老師的事情告訴阿畢的時候。

阿畢聽完之後，臉上浮現的就是此刻的這個表情。

那時候的阿畢，沉吟了一會之後，突然說了這麼一句話。

「你知道嗎？」阿畢避開了阿吉的眼光說：「我一直都深信，一個沒有能力的人，不甘於平凡，硬是要去擔超過自己所能擔的責任，跟一個有能力的人，不願意承擔責任，只想要平凡度日，永遠都是這個世界上最讓人痛心的事情。」

即便避開了阿吉的眼光，但是在說這一句話的時候，阿畢臉上的表情就跟現在一模一樣。

就在阿吉還沒搞清楚，阿畢到底是在說自己有能力還是沒能力的時候，阿畢臉上那表情突然消失了，接著轉過來說道：「不管你做什麼，我都一樣支持你，兄弟。」

最後阿吉也只是拍了拍阿畢的肩膀說了聲：「謝啦，兄弟。」

這件事情距離今天不過是四、五年前的事情，而在四、五年後的今天，當阿吉又再度看到這個表情的時候，兩人已經不再是兄弟，而是互相對立的敵人，這可能是阿吉最難以想像的事情。

跟四、五年前的那一次一樣，那像是失望的表情並沒有佔據在阿畢的臉上太久，阿畢臉上很快又再度浮現出笑容，然後皺起了眉頭，對著阿吉搖搖頭說：「是誰……給你的錯覺，認為我是跟光道長聯手？」

「啊？」阿吉不解。

這不是睜眼說瞎話嗎？從昨天的傳話，到今天進入學校之後，所到之處無一不是光道長的弟子，都在在顯示著兩人是一夥的，但是現在阿畢卻說出這樣的話，讓阿吉完全不能理解。

「唉，」阿畢聳了聳肩說：「你還是搞不清楚對吧？真正有問題的人是你啊！」

「你到底在說什麼？」

「不是嗎？」阿畢攤開手一臉無奈地說：「你氣沖沖地跑來，一副興師問罪，用好像要教訓人的態度要來教訓我，但是你還不知道嗎？真正欠人教訓的是你，你才是那個被大家唾棄的人，你那臉色是什麼意思？你不相信是嗎？不能接受是嗎？」

阿畢伸出手來，用力地拍了拍手。順應著阿畢的掌聲，整間學校突然響起了一陣腳步聲。阿吉仰起頭一看，瞪大了雙眼，臉上盡是一副看傻了眼的模樣，就連曉潔也瞪大了雙眼。

只見面對著中庭的校舍，每個樓層的每一條走廊上，此刻都站滿了一個又一個的人影。每個人都穿著道士的服裝，彼此之間相隔數步，站在走廊上面對中庭看著阿吉，排場十分驚人。

「你錯了，」阿畢一臉得意地笑著說：「我不只跟光道長聯手，還跟所有鍾馗派的道士聯手，我們鍾馗派已經正式統合為一了。你現在看到的才是真正的鍾馗派，所以就像我說的，你才是那個眾叛親離，欠人教訓的人，懂了嗎？」

的確正如阿畢所說的，阿吉看到了這滿滿的人群，他才終於知道自己錯了，原來幕後的黑手，不是只有一、兩個人，而是鍾馗派的所有人。

看著每一層樓都站著滿滿的道士，沒有一張臉孔可以稱為陌生的，阿吉當然非常清楚，阿畢所言不假，這些的確都是鍾馗派的道士。

北派、南派、東派、西派，全部集結在一起。

有別於道士大會，各派只派幾個代表來參加，眼前這景象幾乎可以說是全員出動。

雖然沒有一一確認，但是看到這樣的陣仗，阿吉認為這已經幾乎就是有如阿畢所說的那樣，全鍾馗派的道士都聚集在這裡了。

阿吉大致掃視過去，發現在這些道士當中，少了一個也算是重量級的人物。

「東派掌門呢？」阿吉問阿畢。

的確在場也可以看到許多東派的人，但卻唯獨沒有見到那個老是喜歡跟呂偉道長唱反調的東派掌門。

「他啊，」阿畢冷冷地說：「跟我師父一樣，不贊成這樣的事情，所以成為了跟你一樣背叛師門的叛徒。至於他的下場嘛，跟我師父差不多囉。」

聽到阿畢這麼說，又看到眼前的景象，讓阿吉不禁搖搖頭。阿吉作夢也想不到，在呂偉道長生前，最不服氣他的就是東派掌門，而如今他卻是唯一一個沒有加入殘害他徒弟的人。

不過這一點也沒讓阿吉感到欣慰，畢竟就眼前的情況來說，只少了一個人站在敵方，並不會讓阿吉覺得比較好受。

到底自己做了什麼會讓大家眾叛親離？

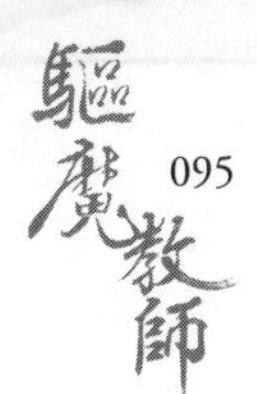

對於這個問題，阿吉心中多少已經有了點底，只是，他還是不敢相信這樣一件事情，可以讓「所有人」都做出違背良心的事情。

實在太難以相信了，人性這種東西。

這樣的體悟讓阿吉的臉上，第一次出現了落寞的神情。

「現在你懂了嗎？」阿畢臉上的笑容依舊：「你才是那個欠人教訓的人。」

阿吉沉下了臉，瞪著阿畢說：「你們到底想要怎樣？」

「喔？」阿畢臉上浮現出得意的表情說：「你終於願意好好聽我說話了嗎？」

阿吉沒有回應，只是瞪著阿畢。

阿畢非常清楚，此刻的阿吉心裡已經備受打擊，可是對阿畢來說，這樣一點也不夠。

他想要從阿吉這邊得到的，遠遠比此時此刻這種勝利的感覺還要更多。

「我知道，」阿畢收拾起臉上的笑容，凝視著阿吉說：「你師父曾經留下了一套完整的口訣，我們要的非常簡單，就是把你師父的口訣交出來，把他傳給我們鍾馗派的每一個弟子。」

終究……還是為了師父的口訣。

雖然心中已經有底了，但是實際上聽到，還是讓阿吉覺得震撼。

原來，天真的一直都是自己。

阿吉沉默不語，場面氣氛也隨著阿吉的低頭不語而變得有點緊繃。

「你既然已經不在這條道路上了，又何必佔著茅坑不拉屎呢？就把口訣交出來吧。」

不知道是哪裡的道士突然這麼說，其他人也跟著騷動了起來。

「對啊！」

「你不要再害你師父死後還得要晚節不保了，把口訣交出來。」

「阿吉啊，聽師叔的話，把口訣跟大家分享吧。」

所有人七嘴八舌，時而威逼、時而好言相勸，紛紛附和著阿畢的說詞，希望阿吉可以把口訣交出來。

做了那麼多人神共憤的事情，終歸到底……就是為了口訣。

阿吉緩緩地搖了搖頭之後，抬起頭來，原本七嘴八舌的道士們也紛紛停了下來，等待著阿吉的回應。

「……真是太遺憾了。」阿吉臉上浮現出遺憾的表情。

「什麼意思？」阿畢瞪著阿吉。

對於阿吉所說的太遺憾了，到底是要不要交出口訣，實在有點模稜兩可，因此阿畢再確認了一次。

「太遺憾了，是什麼意思？」

但是阿吉卻似乎沒有意思想要多做解釋，用下巴比了比曉潔那邊說：「既然我已經到了，就放了我的學生吧。」

聽到阿吉這麼要求，所有人當然開始吱吱喳喳地產生出不同的意見，不過在中庭中央的阿畢只是看著阿吉，沒有任何表示。

「口訣這種東西，」阿吉攤開手說：「不可能是一時一刻可以教完的吧？我都已經出現了，就沒有必要再繼續抓著我的學生了。」

逼阿吉出面，的確是抓曉潔的目的之一，然而除此之外，其實曉潔還有一個作用，就是可以脅迫阿吉把口訣交出來。

但是，問題也的確像阿吉所說的一樣，這件事情不是一下子就可以完成的，因此如果阿吉願意合作的話，那麼釋放曉潔換取阿吉的善意，也未嘗不是個好方法。

問題就在於，阿吉真的願意合作嗎？

「所以，」阿畢側著頭看著阿吉說：「你真的願意跟我們合作，交出口訣了嗎？」

沒有回答阿畢，阿吉看向了曉潔那邊，與此同時，曉潔也看著阿吉這邊。

……對不起。

阿吉的嘴巴沒有發出聲音地說出了這一句。

曉潔點了點頭，因為她非常清楚阿吉會選擇走哪條路。

「在我回答你的問題之前，」阿吉轉回來看著阿畢說：「我必須先告訴你們，在我和我師父呂偉道長之間的一個約定。」

現場頓時安靜了下來，所有人都仔細聆聽著阿吉的話。即便呂偉道長已經逝世多年，他的威名仍然對這些鍾馗派的道士們有著一定的影響力。

「我師父在他生前一直都有一個願望，」阿吉沉著臉說：「就是希望有朝一日，可以補足口訣的缺漏，並且讓鍾馗派的所有道士都可以學到這些口訣，讓原本因為口訣缺漏而式微的鍾馗派重新振作。」

聽到阿吉這麼說，有幾個老一輩的道士，緩緩地點著頭表示讚許。

「但是，」阿吉繼續說：「有一件事情徹底改變了我師父的想法，那件事情相信大家一定也很熟悉，那就是『易經之禍』。在跟劉易經交手的過程中，我師父徹底了解了，一旦口訣被濫用之後，會有多麼嚴重的後果。」

阿吉說到這裡，一雙眼睛直直盯著阿畢，彷彿那個劉易經就是阿畢一樣。

「也因為這個原因，」阿吉接著說：「我師父在成功完成口訣之後，卻有了這層疑慮。最後，他決定不公布口訣，為此，我們師徒倆還曾經有過一番爭執。

「對我們師徒有所了解的師父們，應該都非常清楚我跟我師父的感情。我們幾乎從來不曾爭執過，因為不管是在各種事情的看法，還是處理事情的態度上面，我一直都是以我師父為榮。然而這一輩子，我們只爭執過兩件事情，要不要公布口訣，就是其中之一。

「我認為他不應該受到劉易經的影響，但是他認為我不了解事情的嚴重性。我們在於口訣的公布上，有了很大的歧見。在雙方都不願意放棄己見的情況之下，我們做了一個約定。」

阿吉說到這裡，停頓了一下，看了看眾人之後，才接著說下去。

「我們的約定是，如果在他死後的十年之內，沒有任何一位師父，用任何形式來逼問我關於這些口訣的事情，我就會以師父之名，召開道士大會，在會中將這些口訣全部公布。」

聽到阿吉這麼說，在場的道士立刻開始騷動了起來。

「但是！」阿吉嚴肅地說出但書，讓所有人又安靜了下來：「相反的，要是有任何人，以任何形式來逼問我口訣的事情，我就會遵守跟師父的約定，不會屈服於任何威脅之下，我將連一個字都不會透露關於口訣的內容。」

此話一出，現場立刻有道士按捺不住，立刻開始叫囂了起來。

「胡扯！你現在要怎麼說都行！」

「別管他那麼多了，把他抓起來，我就不相信沒辦法從他身上問出口訣。」

「所以我才說不要這樣！如果我們可以忍住的話……事情就不會變成這樣了！」

在場的道士們，有些人懊惱，有些人認為阿吉說的話根本不值得相信。會懊惱的多半都是些上了年紀的道士，畢竟他們曾經經歷過呂偉道長風光的年代，他們之中很多人對於對阿吉出手這件事情，還是有些顧忌。此刻聽到阿吉這麼說，當然很明顯地表現出懊惱之情。

或許早就已經猜到了阿吉的答案，在所有人騷動的時候，只有一個人面不改色地看著阿吉。

這人不是別人，正是從以前就跟阿吉互相稱兄道弟的阿畢。

聽完阿吉所說的話，所有人都是一臉訝異與驚訝，就只有阿畢一個人，甚至到最後阿吉表示自己會誓死抵抗的時候，阿畢臉上仍然是一臉淡然。

眼看這場騷動越演越烈，阿畢緩緩地舉起了手，現場原本騷動的道士們，也逐漸安靜下來。

「我早就猜到你會這樣了，」等到大家逐漸安靜下來之後，阿畢淡淡地說：「所以，不管你說的是真的還是假的，我也知道我們終究還是得要來硬的。」

聽到阿畢這麼說，原本那些臉上還有著懊惱表情的道士們，都紛紛收拾起那懊惱的表情。

在一片騷動之中，能夠立刻讓大家重新振作起來，阿畢在這些人之間的聲望，由此可見一斑。

「原本我很期待，」阿畢臉上露出了一抹笑容說：「跟你對決的這一天，不過，現在的我已經不是原來的我了。現在的你，說不定連讓我動手的資格都沒有。」

說到這裡，阿畢拍了拍手，所有道士聽了立刻都站直了身體，就好像閱兵大典一樣。

「你的對手是他們，」阿畢淡淡地說：「就讓我看看你那出神入化的操偶技巧吧。」

這裡阿畢所說的他們，很明顯指的就是在場所有的鍾馗派道士。

聽到阿畢這麼說，曉潔臉都綠了。

兩個禮拜前，曉潔就聽阿吉說過了，鍾馗派的道士互相鬥法，最常見的就是跳鍾馗，這除了關係到操偶技巧之外，也關係到法力。

然而阿吉雖然道行夠高，但因為不務正業、疏於修練，因此法力其實不怎麼樣的這件事情，就連曉潔都很清楚。至於操偶，則比較偏向於技術層面，與道行、法力其實沒有那麼直接的關係，基本上就是透過操作鍾馗戲偶來借力，簡單來說就是利用鍾馗祖師來狐假虎威。操偶技術越精湛、戲偶的動作越逼真，就越像是鍾馗再世，力量自然也就越強大。

因此，如果是一對一的話，光靠阿吉出神入化的操偶技巧，說不定可以立於不敗之地，但如果對方是全部一起上，在以一敵百的情況之下，就算阿吉的操偶手法再強，恐怕也不是那麼多人的對手，這就好比三個臭皮匠總會勝過一個諸葛亮一樣。

然而場中的阿吉，卻沒有半點害怕的反應，反而緩緩地揚起了嘴角。

有別於阿吉沒有半點畏懼的神情，曉潔看到這景象，不免心中懷疑，光是鬥法，阿吉真的有辦法贏過這麼多人嗎？

第5章・鬥法

1

Ｊ女中的每層樓都站滿了道士，所有人前面都有張桌子，這就是他們指名要在Ｊ女中的原因之一了。

有什麼地方比學校更多桌子，而且方便搬動的？

雖然學生用的桌子比起正式開壇用的桌子，還要小上好幾倍，但是至少可以確保每個人都能夠開壇，那就夠了。

當然曉潔不知道的是，一切正如阿畢所說的一樣，所有鍾馗派的道士幾乎都集中在這裡了，即便是開道士大會，也不可能像這樣幾乎全員到齊。

會有這樣的陣仗，主要有兩個原因。

第一個原因是，光道長昨天才在這裡主持了一場屬於真正鍾馗派的誓師大會。

在過去，鍾馗派一直都只是道上對他們這些繼承鍾馗口訣的道士們的一個稱呼，實際上在過去他們卻從來沒有組織起來過，因此鍾馗派這個稱號，頂多只是一個代名詞，而不是真正的門派。

但是這一切在昨天有了改變，在光道長的號召之下，全國上下所有鍾馗派的道士終於聚集在一起，為了重振這個已經宛如風中殘燭的門派而團結。

大會上，可以看見光道長站在學校司令台上，對著台下的道士們大聲疾呼。

「我無能！」光道長一臉激動地說：「身為師兄的我，沒有辦法讓師弟顧全大局，將已經完成的口訣交出來，更沒有辦法影響我那不肖的師侄把口訣交出來。」

光道長所說的師弟，指的正是被人尊稱為么洞八道長的呂偉道長，而師侄想當然耳就是在說阿吉。

「但是！」光道掌握著拳頭說：「恩納夫疑似恩納夫（Enough is enough）！他們師徒倆不能再這樣罔顧大家的安危，繼續將那些口訣佔為己有。沒有鍾馗祖師，他們根本不可能悟出那些口訣！沒有鍾馗祖師，他們也不可能有那樣的成就！那些口訣，本來就是屬於我們鍾馗派所有！他們沒有資格佔為己有！大家說對不對！」

光道長有如政客甚至是希特勒般激情的發言獲得了滿堂采，就連那些原本還有點疑慮的老一輩道長，也大受感動。

在這場誓師大會中，眾人推舉光道長成為鍾馗派的總掌門，而原本的西派掌門則為副掌門。

至於總護法，也就是掌門之下的最高負責人，正是阿畢，這樣的安排也象徵著北西南三派的大團結。

至於東派則因為他們掌門拒絕加入的關係，所以沒能擔任要角，甚至還被處決了，但是為了安撫其他東派弟子，在總護法阿畢底下的四大護法之中，有兩個是由東派的人出任。這場好比政治分贓的誓師大會，看起來一團和氣，但不管是誰，都不是為了光道長而來。

雖然光道長在人脈方面有其過人之處，但是在鍾馗派的眾多道士之中，對光道長不以為然的大有人在。

這些人之所以願意屈居光道長之下，為的正是光道長所說的那些遠景，這就是眾人會聚集在這裡的另外一個原因。

大家共同的目的，就是要對付阿吉，並且從他的口中得到那珍貴的完整口訣。對鍾馗派的道士來說，口訣就是一切。

光道長底下最有實權的阿畢，正是負責指揮與調度這次對付阿吉的人。會有這樣的安排，終究還是因為阿吉的關係。

阿畢比起其他人都還要了解阿吉，更不用說此刻的他在墮入魔道之後，不管在各方面都是翹楚。

過去這一學期以來，他們在阿吉的班上設下的種種陷阱，都只為了查明兩件事情。一件是阿吉是否真的用了別道來對付這些鬼魂。

這關係到對阿吉動手的正當性，畢竟道上雖然一直盛傳呂偉道長有留下新的口訣，但終究還是缺少了實質的證據，雖然阿畢曾經親耳聽過完全不一樣的口訣，可是光憑阿畢一人之詞，很難獲得所有人的認同。

當然，他們也盡可能安排讓阿吉沒有辦法用正常口訣的方法來解決所面臨到的危機，像是特別從南派偷走鍾馗符傘，就是為了這個目的。

至於動用鍾馗寶劍的那一次，因為不想太早打草驚蛇，另一方面也想就近看看阿吉的操偶技巧，而且考量到就算道士大會不通過，寶劍就存放在么洞八廟裡，阿吉很有可能會不顧一切直接拿來用，因此在一番折騰之後，還是通過了讓阿吉使用寶劍的議案。

除了找到對阿吉班上出手的正當性之外，還有一件事情讓眾人非常在意，那就是關於阿吉的實力。

呂偉道長還在世的時候，阿吉雖然老是跟著呂偉道長南征北討，但是主要對付這些靈體的都是呂偉道長，阿吉只有在旁邊做一些跳鍾馗之類的基本功。

而在呂偉道長過世之後，阿吉也婉拒了成為道士，除了幾次比較例外的情況之外，幾乎都沒有出手過，因此實力到底到哪裡，一直都是一個謎。

雖然道上有很多關於阿吉操偶與刀疤鍾馗的傳聞，加上阿吉又是呂偉道長的唯一弟子，因此應該有些真材實料才對，但問題就在聽過傳聞的人多，實際上見識過的人少，就連幾個曾經看過阿吉抓鬼的道長，也不是非常清楚阿吉的實力。

全鍾馗派沒有人知道阿吉的實力究竟如何，就連阿畢也不是很清楚。

因此在真正對付阿吉之前，阿畢也需要先搞清楚阿吉的實力到底到哪裡。

而在經過了幾次測驗之後，阿畢這邊雖然大概可以知道，那些關於阿吉的傳聞恐怕不假，但還是沒有辦法測出阿吉最後的底線，幾個看起來似乎已經把阿吉逼到絕境的情況，最後還是都被阿吉解決了。

目前看起來，只能確定阿吉用了很多不是口訣裡面的方法來解決靈體，至於實力，似乎還過得去，不過卻沒能準確的知道他的能耐到哪裡。

所以雖然阿畢這邊畢竟都已經入了魔道，因此完全不認為自己有輸的可能，不過在真正動手之前，阿畢也想要看看被逼到極限的阿吉，到底有多少能耐。

因此阿畢安排了讓全鍾馗派的道士，跟阿吉來場大鬥法。

在這場人數相差懸殊，而且是以跳鍾馗的方法來決一死戰，最適合把目前看起來只有操偶技巧還深不見底的阿吉逼到絕境。

阿畢拍了拍手後，所有在場的道士立刻抖擻精神，紛紛將自己的本命鍾馗拿了出來，準備開始跳鍾馗。

「好了，」阿畢陰沉地笑著說：「就讓我們看看吧，你那傳說中的操偶技巧，到底有多厲害。」

見到這樣的情況，就連曉潔都感到絕望。

為了讓曉潔體會一下鬥法的情況，在上個禮拜的時候，阿吉曾經與曉潔進行了一次這樣的鬥法。

原本操偶就已經有點零零落落的曉潔，在鬥法的情況之下，竟然連一步都踏不準。這是因為雙方在跳鍾馗的時候，都會產生出一些法力，彼此互相干擾，所以即便阿吉那邊完全沒有使出真功夫，甚至只有擺擺架子而已，曉潔這邊卻被影響到連一步都沒辦法踏好。

這就是所謂的台上三分鐘，台下十年功。如果不是本身有一定的道行，很難在鬥法的時候表現出自己正常的一面。

光是跟阿吉一對一練習，就已經讓曉潔有種震撼教育的感覺，但此刻的阿吉卻必須面對數以百計的道士，而且這些人肯定會全力以赴，跟阿吉那種對自己放水的情況完全不一樣。

因此光是用想像的，都讓曉潔為阿吉捏了一把冷汗。

「把你的刀疤鍾馗拿出來吧，」阿畢笑著說：「我想就算是你，以一敵百也不能有所保留了。」

「哼！」阿吉仰著頭一臉不屑地說：「對付你們還需要用到本命嗎？」

「好！夠猖狂！」阿畢裝模作樣地拍著手說：「不愧是我的好兄弟。」

「閉嘴！」阿吉指著阿畢說：「少跟我稱兄道弟。從你動手的那一刻開始，對我來說，你已經死了。」

阿畢聳了聳肩，揮了揮手，要阿吉少說廢話，直接開始吧。

阿吉瞪了阿畢一眼後，轉身走到貨車後面。

阿吉從貨車裡搬出一個非常大的袋子，然後有些吃力地要將袋子扛到貨車前面。

看到那個幾乎快比阿吉還要大的袋子，讓阿畢不免露出狐疑的表情。

這傢伙該不會蠢到去訂做一個真人大小的鍾馗戲偶吧？

雖然戲偶這種東西，的確也可以算是一寸大一寸強，但是也沒見過有人瘋狂地去訂做那麼大的戲偶。

畢竟跳鍾馗還有另外一種方法，就是真人去演，這也是戲班最常見的跳鍾馗戲法，因此如果想要真人大小的跳鍾馗，自己下去演還比較實際。

訂做一個跟自己等身大的鍾馗戲偶，完全只有視覺上的效果，絕對也不好操作，功力肯定不如阿吉那個由國寶級製偶師燃燒生命所製作出來，充滿靈性的刀疤鍾馗。

如果不是等身大的戲偶，又有什麼戲偶需要用到那麼大的袋子呢？

就在阿畢還在猜測那個大袋子裡面的東西時，阿吉已經將它拿到貨車前面。

阿吉將大袋子打開，由於阿畢與貨車有一段距離，沒辦法看到裡面的東西到底是什麼。

只見阿吉稍微整理了一下大袋子裡面的東西，然後拿出了幾條細繩，這模樣看起來，那大袋子裡面的東西果然還是戲偶。

沒有直接將戲偶拿出來，阿吉拎著繩子，逕自走到了貨車旁邊，然後竟然一股腦地爬到了貨車上面。

阿吉一手拎著繩子，在貨車上面站穩了之後，另一隻手伸到口袋裡面，然後掏出了一把白米，朝天空一撒。

雖然沒有像樣的開壇桌，但這也算是開了壇，隨時可以開始跳鍾馗了。

阿吉轉向正面，拱手對著眾人叫道：「各位背叛師門，讓鍾馗祖師蒙羞的道士們，請多多指教！」

即便已經是一面倒的情況，阿吉臉上仍然充滿自信，嘴上也不忘臭一臭這些仗勢欺人的對手。

果然阿吉此話一出，現場又是一片騷動。

看到這模樣，就連阿畢都不禁搖頭，要知道鬥法最講求的就是專注，或許阿吉在法力方面會讓人打上一個大問號，不過就跳鍾馗的經驗來說，他絕對是在場所有人中最豐富的。

為了阿吉的話就跳腳的傢伙，肯定撐不過第一波。

不過那些都不是阿畢所關心的，他一點也不擔心其他人的安危，此時此刻最讓阿畢在意的，還是那個大袋子裡面，到底裝了些什麼東西，阿吉又在耍什麼花樣。

原本還以為阿吉會想盡辦法不跟眾人鬥法，可是米已撒、壇已開，鬥法已經成為了勢在必行，阿吉不可能不經過鬥法就全身而退。

阿吉到底在搞什麼鬼……？

就在阿畢這麼想的時候，阿吉已經攤開雙手，將戲偶的提線交叉纏在自己的兩隻手上。

「喝！」

阿吉大喝了一聲，雙手用力向上一舉，繩子立刻被拉直，而那個放在貨車前面的大袋子，也立刻有了變化。

不要說阿畢，在場所有人此刻也都不清楚阿吉到底在搞什麼，不過既然鬥法已經開始了，其他人也不想管那麼多，紛紛擺動起雙手，準備開始跳鍾馗。

阿吉這邊也開始動了起來，他將雙手一振，在胸前又繞了幾個圈，將交纏於雙手的繩子一撐，幾道黑影立刻隨著阿吉的動作，從大袋子裡面彷彿跳出來一樣，露出了廬山真面目。

阿畢一看，立刻瞪大了雙眼。

「不會吧？」阿畢難以置信地看著那從大袋子裡面跳出來的東西，心裡想著：「這傢伙瘋了嗎？他真的做得到嗎？」

2

在收了阿吉為徒之後，看著阿吉日益成長，對呂偉道長來說，也算是人生的一種樂趣。

他從來都沒有想過自己真的會有收徒弟、當師父的一天。和阿吉的相遇，完全是機緣與巧合。

但是在教導阿吉的過程之中，呂偉道長卻感覺到不可思議，一切都好像是上天安排了一個完美的弟子給他一樣，阿吉非常適合成為鍾馗派的道士。

因此呂偉道長也從教導阿吉的過程中，感受到許多樂趣。

尤其是當他教會了阿吉一些操偶的基本技巧之後，阿吉就像脫韁的野馬一樣，技術真的可以用日新月異來形容，成長之快已經遠遠超過呂偉道長所能想像。

一個禮拜左右，阿吉已經可以隨心所欲地操縱戲偶，做出任何他想要的動作。

一個月左右，阿吉竟然已經可以雙手雙偶，讓兩個戲偶開始唱起戲來。

半年左右，阿吉讓傳說中的雙手三偶重現於世。

一天呂偉道長經過么洞八廟的後院，看到了阿吉就在那裡，靠過去想要看看阿吉在做什麼。

誰知道不過去還好，一過去就聽到阿吉一個人在自言自語。

「不求同年同月同日生，」阿吉嚷嚷著：「只願同年同月同日死！」

這不是桃園三結義最為人熟悉的話嗎？

阿吉在幹嘛啊？

為什麼一個人在那邊大喊這句話？

難不成是鬼上身了?

因為阿吉背對著呂偉道長,所以呂偉道長完全看不到阿吉在搞什麼,只見他搖搖晃晃的,一個人在那邊大叫。

「好!我們喝!」

「哎呀,喝酒我不行啊!」

「哈哈哈,大哥你這樣不行,你看二哥沒喝臉都紅的,肯定是個酒國英雄。」

「三弟,你臉那麼黑,不管喝幾杯都黑的,酒量肯定很好。來,這一壺就交給你了。」

「一整壺啊?二哥你這樣灌我酒,該不會是對我有什麼不良的企圖吧?哈哈哈。」

在桃園三結義的那一句經典台詞之後,就聽到阿吉一個人不停講著一些莫名其妙的對話,更讓呂偉道長不自覺將幾枚銅錢握在手中,怎麼聽都覺得阿吉是被鬼上身了。

呂偉道長一步一步緩緩地靠近,阿吉依然說著莫名其妙的台詞,一直到呂偉道長走近,才終於看清楚了。

阿吉一個人兩隻手,就這樣熟練地操作著三個戲偶,唱起了桃園三結義的戲碼,只是台詞方面完全是大暴走,就只有一句話是照著戲本來的,其他完全是自由發揮。

一個失傳多年的傳奇技藝——雙手三偶,就在這種莫名其妙的情況之下,重現於人世間。

當時的呂偉道長又驚訝又無奈,但心中更多的是喜悅,看到年僅十歲的弟子,竟然已

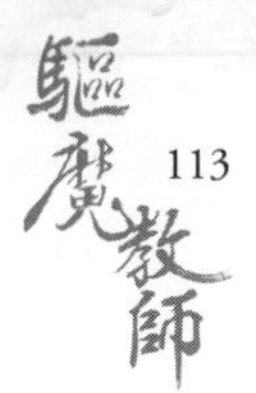

經成長到自己也望塵莫及的地步，呂偉道長當然感到無比的開心。

然而，阿吉的成長並沒有因此而停下來，真正的震撼，卻是在更多年以後。

雖然已經知道阿吉的操偶天分，加上後來阿吉隨著呂偉道長四處南征北討，呂偉道長也逐漸對此習以為常，殊不知真正的震撼才正要開始。

多年後的一個秋天，呂偉道長外出辦事，回到么洞八廟後，經過了後院，又聽到那熟悉的聲音。

呂偉道長立刻知道，這聲音肯定是阿吉又在後院的樹下唱戲了，因為在那之後，阿吉也常常在樹下排演自己新學到的故事戲碼，所以呂偉道長也見怪不怪了。

但是頭轉過去，呂偉道長臉上卻浮現出疑惑。

只見大樹下沒有看到阿吉的身影，但聲音卻還是從大樹那邊傳來。

雖然有點疑惑，但是呂偉道長也不以為意，畢竟從他所站的角度，沒辦法看到大樹下的全景，有一大部分都被樹幹給遮住了。

阿吉非常喜歡三國演義，在那個年代，只要有廟會就會有一些酬神的表演，而且經常都會演出三國演義的橋段。身為呂偉道長的弟子，阿吉對這些廟會資訊也特別清楚，因此只要呂偉道長找不到阿吉，大概就知道那小子肯定又是到哪個廟會去看戲了。

看多了，阿吉一有空就會拿起戲偶，自己在後院演起來。

現在呂偉道長又聽到了一樣說著那些暴走台詞的聲音，心想這小子應該又不知道學會了哪個段子，然後完全脫稿演出哪齣戲。

去看看也好。

心裡這麼想的呂偉道長，繞了過去，立刻就看到了阿吉。

有別於過去，這一次阿吉不再站在樹下，而是爬到了樹上。

一條又一條的繩子，順著樹枝垂了下來。

然後，呂偉道長就看到了，好幾尊戲偶站在樹下。

這一看，乖乖不得了，呂偉道長瞪大了雙眼，完全無法相信自己的眼睛。

等到呂偉道長回過神來的時候，發現自己渾身都在顫抖，眼角也因為感動而閃爍著些許淚光。

這根本……就是老天送給自己的厚禮。

三個傳說一次到位——雙手三偶、以偶操偶、雙線操偶。

只見阿吉趴在一枝粗大的樹枝上，然後雙手操作著三個戲偶，每個戲偶都只有兩條線，阿吉照樣可以操作得活靈活現。

不過真正讓呂偉道長驚訝的，是這三個戲偶垂在空中，手上也跟阿吉一樣纏滿了線，而這些從戲偶手中垂下來的線，正操作著樹下的那十多尊戲偶。

阿吉透過三個垂在空中的戲偶，改變許多細微的線繩變化，然後再用雙手三偶的功夫，透過戲偶來操作下面的戲偶。

一場十來個戲偶的大戲，就這樣浩浩蕩蕩的在樹下開唱了起來。

呂偉道長就這樣一直愣愣地看著阿吉唱戲，一直到趴在樹上的阿吉發現了呂偉道長為止。

「師父你看！」阿吉一臉驕傲地叫道：「這是孔明舌戰群儒。」

當然看戲看到入迷的呂偉道長，早就知道這是齣什麼樣的戲碼，真正讓他驚訝的並不是這場戲本身，而是阿吉那出神入化的操偶技巧。

這場《諸葛亮舌戰群儒》的戲碼，動作雖然不多，但光是要一次操作這十多個戲偶，本身就已經是件不可能的任務了，如果不是親眼看見，誰能相信這會是一個人操作的？

如果阿吉可以一個人操作那麼多戲偶的話，阿吉不就可以一個人跳出——

想到這裡，即便是大熱天，還是讓呂偉道長的手臂上浮出了雞皮疙瘩。

3

在所有人中，最靠近阿吉的就是阿畢，也因此當看到那幾個從大袋子裡面陸陸續續跳出來的黑影，阿畢立刻就知道阿吉打算幹什麼了。

只是，就算知道阿吉天生就是個操偶好手，也萬萬想不到他真的可以做到這樣的事情，不，即便到現在，阿畢還是非常懷疑阿吉是不是真的可以做得到。

不可能！

如果不是親眼看見，就算打死阿畢，他也不會相信。

哪怕只是嘗試，這也很瘋狂。

當阿吉將雙手舉高之後，眾人這才看清楚，那些從大袋子裡面跳出來的黑影，全部都是戲偶，但那些戲偶大多都不是鍾馗。

幾個經驗比較老到的道士，看到這景象，臉上都紛紛露出了訝異的神情。

現場立刻又是一陣騷動，人們口中不時出現那四個字，而當時呂偉道長看到阿吉一個人操控十來個戲偶時，腦袋裡面所想到的也是那四個字。

——鍾馗嫁妹。

這是跳鍾馗的衍生，一場跟跳鍾馗一樣，但是卻必須要有十個以上的道士合作，才有可能演得出來的一場究極大戲。

當阿吉把所有的戲偶一鼓作氣全部拉起來，然後擺出了架勢。

這場戲不是人人都會跳，只有鍾馗派中的菁英才知道有這麼一場戲。

「一個人想要跳鍾馗嫁妹？你頭殼壞啦？」其中一個人大聲地叫道。

「哈哈哈哈哈。」

現場幾乎所有道士都爆笑了出來。

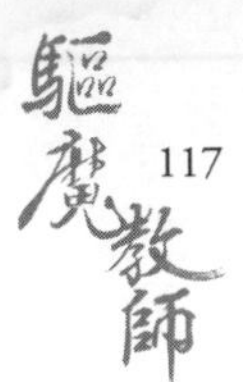

雖然第一時間不知道阿吉在搞什麼鬼，但是聽到那個人提到「鍾馗嫁妹」的時候，曉潔立刻會意過來，也了解眾人嘲笑的原因。

上上個禮拜就曾經聽阿吉提過，關於鍾馗嫁妹的這齣戲碼。

鍾馗嫁妹可以說是跳鍾馗的強化版，當遇到了難以對付的對手，已經無法用跳鍾馗來鎮煞的情況之下，還有這一場戲可以試試看。

想要演出鍾馗嫁妹，一般至少需要十個人以上，就像是一整團的唱戲班一樣。不過因為鍾馗派道士練習跳的都是鍾馗，鮮少有人會跳鍾馗以外的角色，因此就算湊齊了十個道士，要合力演出鍾馗嫁妹都有一定的難度了，更何況阿吉只有一個人就想要跳這場戲，未免也太不自量力。

不過阿吉這邊已經準備好了，其他人也知道一場大戰即將展開，所以現場的笑聲沒有維持很久，笑聲漸歇之後，取而代之的是一股肅殺的氣氛。

所有道士搖了搖鈴鐺，然後跟阿吉一樣，朝空中撒了把米。

一場以一敵百的鬥法大戰，就此揭開了序幕。

上百個道士一起跳起了鍾馗，場面真的非常壯觀，曉潔全看傻了眼，這恐怕是史上最恐怖的一場秀了。

數以百計的鍾馗派道士，就好像排練許久的戲班一樣，全部做著同樣的動作，看起來極為壯觀。

每個人的口中都唸唸有詞，速度也差不多，因此聽起來就有種層疊般的旋律。

而中庭中央，站在貨車上的阿吉，更有種萬眾矚目的感覺，就好像是這整場戲的主秀一樣，只差沒有聚光燈打在他的身上。

阿吉高舉雙手，將底下的戲偶全部拉了起來。

看到這一幕，曉潔立刻回想起在上個禮拜的時候，曾經看過阿吉一個人在後院舉水桶的情況，阿吉雙手平舉，手上拿著的是裝滿水的水桶，看起來就好像一種處罰一樣。

當時曉潔不禁狐疑，阿吉為什麼要這樣鍛鍊自己的雙手，現在曉潔終於了解了。

想要一次操作那麼多戲偶，除了技術，戲偶本身的重量，也是一個非常嚴重的問題。

光是一尊戲偶，動輒兩、三公斤的重量，大一點或材質好一點的戲偶甚至可以重達四到六公斤，在這樣的情況之下一次操作十多尊，總重量就已經超過二十公斤了。

要承受這樣的重量，還要控制手上的繩索，這簡直就是不可能的任務。

光是操作一個戲偶就已經讓曉潔感到困難重重了，更何況是像阿吉這樣一次操作那麼多個戲偶。

「就像俗話所說的，牽一髮而動全身。」

這是在教導操作戲偶的時候，阿吉常常告訴曉潔的話，如果只是想要單純利用繩索來操作戲偶，很容易就失控了。

只有細心去體會每一條線繩的收與放，才有可能與戲偶同步。

或許就是跟一般人所講究的方法有所不同，因此阿吉才有辦法利用很少的線繩，就能夠靈活地操作戲偶。

但是聽起來容易，實際上操作起來的難度，對曉潔來說簡直比登天還要難。

尤其是練習用的戲偶已經比較輕了，但還是比曉潔想像中的還要重很多，重量都還沒克服就想要細微地去體會那些線繩所產生的變化，曉潔真的覺得很困難。

就在曉潔還在想著這有多麼困難，甚至認為幾近不可能的時候，阿吉這邊已經拉開了繩索，開始跳起那場多達十來尊戲偶的鍾馗嫁妹。

只見阿吉一動手，看起來似乎非常輕鬆寫意。

透過手上操作三個騰空的戲偶，再去操作底下十尊戲偶，一場至少需要十人才能唱成的鍾馗嫁妹，竟然真的開始動了起來。

最前面的幾個小鬼戲偶，有的提起了燈籠，有的舉起了牌子，後面則有四個小鬼戲偶負責扛轎子，想當然耳，轎子裡面的戲偶就是鍾馗的妹妹，而在整排戲偶最後面壓陣的，當然就是一尊威風八面的鍾馗。

有別於其他的鍾馗戲偶，這個壓陣的鍾馗雖然一樣威風，但仔細一看，他的臉上似乎掛著帶有霸氣的笑容。笑容不明顯，不過卻有種喜氣洋洋的感覺。

由於戲偶眾多，阿吉這邊也幾乎是使盡了全力，光是要拉開十人的陣型就需要煞費苦心，阿吉必須盡可能拉開雙手，才有辦法讓這些戲偶之間看起來不是擠成一團。

而在阿吉這邊展開來開始跳起鍾馗嫁妹的同時，其他道士們也像排演好的一場秀一樣，開始跳鍾馗，雙方的鬥法就這樣瞬間拉開了序幕。

不過才剛開始，雙方的比拚就已經如火如荼地展開，雖然阿吉臉上沒有顯露出太多的變化，但是曉潔看得出來此刻的阿吉真的非常痛苦。

畢竟除了法力不如人之外，手下面多達十尊以上的戲偶，根本就像是舉了好幾個啞鈴在手上一樣，就算阿吉已經習慣了這樣一次操作多尊戲偶，應該也沒有辦法太持久。

然而，在場關心阿吉的人，恐怕只有曉潔一個而已。

其他人都只希望可以快點打倒阿吉，將這場戲碼草草結束掉。

在這樣敵眾我寡，雙方差距非常懸殊的情況之下，阿吉手底下的戲卻不曾停下來過。

鍾馗嫁妹是一則流傳已久的民間故事，相傳鍾馗原本應該是唐朝科舉狀元，卻因為皇帝聽信奸臣，嫌棄他的長相太過於凶惡醜陋，因而除去他的狀元資格，讓鍾馗憤而當場自盡。鍾馗死後，是由樂善好施的同鄉杜平，出錢出力將他安葬。

鍾馗死後被封為驅魔真君，唯一掛心的就是他仍在陽間的妹妹，加上感念杜平，因此他特地回到人間，要將自己的妹妹嫁給杜平。由於有惡霸試圖攔轎搶親，鍾馗便率領了鬼卒們去抬轎、搬嫁妝，把惡霸嚇跑，順利將妹妹嫁給了杜平。這一段民間故事，就是所謂的鍾馗嫁妹。

在貨車前面，此時上演的正是這段戲碼。

只見從陣列最前面的小鬼戲偶開始，一個個耍起了絕活，看起來就好像一齣表演。每個小鬼戲偶在阿吉的手下都顯得活靈活現，就連其他沒有表演的小鬼戲偶，也彷彿隨著表演小鬼的精采演出，而有不同的反應出現。

光是那精采的把戲，就已經讓有些道士看到出神，一個不小心踏錯腳步，讓自己的跳鍾馗破了梗、壞了戲，整個法術也就算是廢了。

跳鍾馗不能一跳再跳，一旦失敗這壇就廢了，想要重新開壇也沒那麼簡單了。因此被阿吉手上的戲法唬得一愣一愣因而分心的道士，在失敗之後也只能垂頭喪氣，當場變成了一個觀眾，安靜地看著阿吉手上那出神入化的操偶大戲。

雙方就這樣在一場看似輕鬆，但實際上卻是失之毫釐就可能整個破功的強大壓力之下，持續進行這一場只有鍾馗派之間鬥法才看得到的場面。

這時的阿吉，光是前面幾個小鬼的表演，就已經讓一半的人破了功。

只見走廊上垂頭喪氣的道士人數越來越多，這樣的結果讓曉潔也看傻了眼。

眼看跳鍾馗的人數逐漸減少，場中的阿吉也沒有多好過，操作大量的戲偶讓阿吉揮汗如雨，看起來就好像已經快要耗盡體力一樣。

「撐住！」幾個已經變成板凳選手的道士，提醒還在奮戰的隊員叫道：「這小子絕對唱不完！」

「定住心！別看他的戲法！」

除了這些因為不小心分心而落敗的人之外，有另一部分的人可以說是完全折服在阿吉的操偶技巧之下，他們眼神中流露出欽佩與感動，畢竟跳鍾馗在這裡人人都會，但是能像阿吉這樣出神入化的人，他們可能這輩子都沒有見過。

其中一個站在曉潔不遠處的老道士，甚至看阿吉手下的戲偶看到流起淚來了，這還真是出乎曉潔意料之外。

雖然她知道阿吉的操偶技巧就連呂偉道長也為之折服，但是光憑一手技藝就可以讓同行看到哭，這又是哪招啊？

然而，雖然阿吉這邊跳得很辛苦，不過在中庭的這場鍾馗嫁妹戲法仍然持續下去，雙方的拉鋸戰也一直持續著。

有別於其他在場的所有道士，沒有參與鬥法的阿畢就站在最佳觀賞位，打從一開始，阿畢就好像台下觀賞表演的觀眾一樣，專注地看著阿吉手下這些戲偶的表演。

看著看著，等阿畢回過神來時，發現自己全身都在顫抖，然而阿畢非常清楚，讓自己不自覺顫抖的原因，並不是因為恐懼，而是興奮。

畢竟即便是呂偉道長也不可能做到雙手三偶、以偶操偶，這些原本應該只存在於傳說之中的手法，如今竟然一鼓作氣全部呈現在自己的眼前。

雖然就法力或者是其他相關的道士技巧來說，阿吉很可能不如自己的師父呂偉道長，但是他的操偶技巧，確實遠遠凌駕在所有阿畢所認識的道士之上，包含呂偉道長在內，看

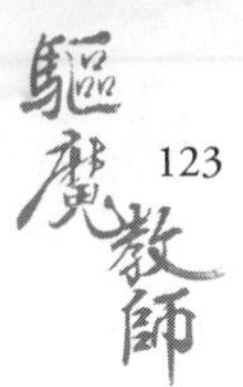

到阿吉這一手技藝，恐怕也只能甘拜下風了。

這對阿畢來說，恐怕是上天掉下來的禮物。

在選擇踏上劉易經的路之後，阿畢很快就發現，自己的力量遠遠在劉易經之上。原因當然只有一個，那就是阿畢比劉易經知道更多鍾馗派的正統口訣，除了少部分南派傳承下來的口訣之外，絕大部分都是留學北派時，呂偉道長傳授給他的。

這也可以說是完全出乎所有人的意料之外，在易經之禍之後，為了保存南派的血脈，呂偉道長大力支持頑固老高重建南派，因此才會在道士大會上，提出要讓南派的一個人來北派學習部分口訣。

而在呂偉道長的看法之中，四派互相制衡有其必要性，這也是在易經之禍下，呂偉道長從劉易經所引發的浩劫所產生的反思。

因此保留南派，至少在下一次浩劫來臨時，也可以多份力量。

只是不管是誰，作夢也想不到這場浩劫會來得如此之快，而且引發浩劫的男人，就是留學北派的阿畢。

那一次的留學，讓他在入魔道之後，擁有了遠勝過劉易經的力量。

阿畢也因此擔心，自己在獲得這股逆天的力量之後，將會永遠沒有辦法找到一個可以讓自己發揮到淋漓盡致的對手。

因為即便阿畢知道阿吉可能擁有出神入化的操偶技巧，卻想不到他可以到這種地步。

簡單來說，就是知道他神，卻不知道他那麼神。

因此，看到阿吉表演這齣單人鍾馗嫁妹，著實讓阿畢感到興奮與感動。

阿畢知道自己剛剛錯了，阿吉絕對擁有與自己一戰的價值。

這時候，阿吉那邊突然有了大動作。

除了四個抬轎的小鬼之外，其他幾個小鬼都已經跳完戲法，接下來就要換重頭戲登場了。

只見其他小鬼開始讓出一條路，那壓陣的鍾馗繞過轎子，往前一站，一出場便是個魁星踢斗。

這邊的鍾馗一擺出姿勢，那威風八面的模樣，立刻讓一些在樓上的道士破了功。

帶著霸氣笑容的鍾馗，在轎前繞了一圈，然後開始表演了起來。

這可是鍾馗嫁妹中另外一個暗藏的涵義——鍾馗嫁魅。

正所謂嫁妹、嫁魅，嫁魅其實也有送鬼魅的意思，所謂的「魅」指的就是鬼怪，嫁魅就是要把這些鬼魅給送走的意思，因此這齣戲最後鍾馗登場，要把妹妹送出去的那個橋段，也是鍾馗嫁妹中最具有威力的橋段。

如果是用在平常的鎮邪驅凶，多半都是在這個段落完成工作。

因此，所有其他還倖存下來的道士，一見到這個橋段，都立刻屏氣凝神，希望自己可以撐住這段戲。

至此，整個局面已經有了很大的轉變，原本靠著人數的絕對優勢，一開始就一直採取主攻的眾道士，這時已經不再那麼開放，有些甚至停下腳步，只為了能夠站穩，採取完全的守勢。

就連才剛踏入這行門口的曉潔，都看得出其中的攻守轉換，更何況是這些在場跳鍾馗的道士。

轎前鍾馗在場上，左顧右盼、威風八面，舉手投足之間都有一股凜然之情，即便只是尊戲偶，但是每一次轉身乃至揮手、踏足，都讓人有種虎虎生風的錯覺。

腳踩著七星步，時而踉蹌，時而瀟灑，此時此刻的J女中擁有破百尊鍾馗戲偶，但在這場戲之中，其他鍾馗戲偶彷彿都變成了偽物，只有阿吉手下的這一尊才是本尊。

踩完七星步之後，鍾馗向前一進，一手高、一手低，擺出了看起來就好像是武術般的架勢，正是這場鍾馗嫁妹最後的一步，要將自己的妹妹送出去的腳步。

所有在場的人都非常清楚，這就是最後一步，氣氛也頓時凍結，所有還倖存的道士，拚的就是這最後一步了，所有人全部停下動作，咬緊了牙關，站穩了腳步，準備接住阿吉的這最後一擊。

貨車頂上的阿吉，深呼吸一口氣，然後舉起了腳步，大喝了一聲。

「喝！」

語落腳踏，阿吉本人與手下鍾馗戲偶同時踏出這最後一步。

這一步踏得氣力萬鈞，就連貨車都感覺因為這一步而晃動了起來，腳底與貨車頂的猛烈撞擊，發出了一陣沉重的聲響，旋即整個J女中也跟著發出了一波哀號聲浪。

原本那些倖存的道士，在這一擊之下倒的倒、跪的跪，幾乎可以說是全軍覆沒，那波哀號便是由這些道士口中所發出來的。

而阿吉這邊也沒有比較好，踏完這一步，阿吉也好像用盡了所有力量，雙手一垂，手上的線也跟著凌亂脫落，失去支撐的戲偶，全部都癱軟下來，倒在貨車前面。

這場看似平常，但卻是驚心動魄的大鬥法，也隨著阿吉的軟倒告一段落。

然而，勝負卻是讓眾人摸不著頭緒。

畢竟在阿吉已經不支倒地的現在，只要在場還有一個人能夠支持住，就絕對可以打敗阿吉。

有鑑於此，所有人立刻探出頭來，想要看看那樣的人到底存不存在。

然而在場的所有道士卻都只有面面相覷，看似所有人都已經破戲了，這時三樓西側有一個人，手上仍然握著線繩，並且直挺挺地站在桌子前，所有人紛紛把眼光投向他身上。

在萬眾矚目之下，那道士卻是一臉鐵青，過了一會之後緩緩地搖了搖頭。

道士將手高舉，只見他手上的鍾馗戲偶早已破損，一隻手根本已經跟身體分開了，雖然自己的身體撐住了，沒有被阿吉最後這段戲給震倒，但是戲偶卻支撐不住。

這下勝負已定，想不到阿吉竟然憑著一己之力，靠著那出神入化的操偶技巧，打敗了在場的上百個鍾馗派師父，讓所有人臉上的表情都顯得有點喪氣。

看到這景象，不免讓曉潔想要好好地為阿吉歡呼一下，可是現在的她還是人質，根本沒辦法為阿吉喝采。

有別於曉潔的興奮，阿吉卻沒有那麼樂觀，阿吉勉強地坐在貨車頂上，用力地喘著氣，臉上全是汗水，但心情卻像是石頭那般沉重。

因為即便打敗了所有人，還是有一個人擋在他的面前。

那個人，恐怕才是今晚最傷腦筋的對手。

阿畢扭了扭脖子，然後淡淡地笑著說：「需不需要讓你喘口氣啊？」

即便已經沒有施力，阿吉垂下來的雙手仍然不停地顫抖。

雖然鍾馗嫁妹可以算是究極版的跳鍾馗，但是要對付眼前這個男人，鍾馗嫁妹恐怕只是小菜一碟。

這點，阿吉比任何人都還要清楚。

第章・吉與畢

1

「來吧。」阿畢等阿吉喘了一會，從車頂下來之後，淡淡地說。

話一說完，阿畢立刻舉起手，擺出了一個魁星七式的起手式，只是這個起手式跟阿吉平常擺出來的剛好方向相反，阿吉看了也擺出了起手式，兩人因為相對的關係，因此看起來就好像在鏡子中的反射一樣。

這一幕，完全就像是當年在頑固廟的時候，劉易經跟呂偉道長擺出來的架勢一模一樣，只是這一次換成了阿吉與阿畢。

同樣的南派與北派傳人，同樣是曾經的好友，同樣是正道與魔道。

阿吉心中百感交集，就連情緒也是混亂至極。

完全沒有阿吉心中的感慨，阿畢眼看阿吉沒動作，冷冷一笑說道：「你不上，那我上囉。」

阿畢話才剛說完，身子向前一傾，立刻朝阿吉衝過去。

阿畢的速度非常快，兩人距離原本還超過十步，想不到曉潔才一眨眼，阿畢已經欺到

了阿吉身邊，身子一彎一拳一腳同時向上一揚，曉潔立刻認出這正是魁星七式中的雙貪狼，雖然曉潔也學過，但是她作夢也沒有想到在阿畢的手下，這招的速度會這麼恐怖的快。

曉潔熟，阿吉怎麼可能不熟，身子一側，輕而易舉地躲開了阿畢的這一下雙貪狼，阿吉正準備用破軍—文曲加以反擊時，眼角餘光看到了阿畢臉上突然浮現出來的笑容，內心一凜，立刻注意到了阿畢手腳上的變化。

原來阿畢這一拳一腳根本只是虛招，阿吉剛躲過，阿畢的手肘立刻朝阿吉這邊由上往下打了過來。

這就是逆七式，看起來跟原本的魁星七式十分相像，但是總會多幾分眉角，招式的毒辣程度也遠遠勝過原本的魁星七式。

阿吉不敢大意，也不管好不好看，原本側著身子的他順勢就向後一倒，在地上滾了一圈之後，狼狽地躲過了阿畢這一招。

這就是逆魁星七式？

不可否認的是，這第一次的交手就讓阿吉嚇出了一身冷汗。

所謂的魁星就是北斗七星的第一到第四顆星，因此魁星七式主要也是以北斗七星的七顆星為名。

魁星七式之中前四式——貪狼、巨門、祿存、文曲，就是魁星七式中的四種攻勢；剩下的三式——廉貞、武曲、破軍則為守勢。

每一式後面又分成七招，也同樣以北斗七星為名，因此有四十九種加一個起手式，總共五十個招式。

而這一共五十招的魁星七式，本來就以多變聞名，即便是當成一般功夫，也絕對不遜色，因此可以算是鍾馗派傳人用以自保最重要的武器。

本來就是多變萬化的魁星七式，此刻如果再加上逆七式衍生出來的這些惡毒招式，阿吉會冒出冷汗也是正常的事情。

沒有給阿吉太多時間冷靜下來，阿畢給了阿吉一個輕蔑的冷笑之後，一個箭步就朝阿吉這邊跳過來。

阿吉立刻從地上彈起來，還沒站穩，阿畢已經攻了過來。

阿畢這一來就一連朝阿吉用上了幾招逆魁星七式，每一下雖然都是阿吉所熟悉的，但是總會多這麼一、兩下衍生式可以讓阿吉冒出一身冷汗，加上方位又是跟自己所熟悉的相反，因此阿吉這邊光是閃躲就已經快要應付不來，更遑論反擊了。

可惡！

阿吉這邊根本完全沒有辦法施展，讓阿吉內心不免感覺到挫敗。

兩人之間的差距不應該那麼大，因為阿吉可是打從第一天就被呂偉道長當成了繼承人，所以從拜入門下至今二十多年的時光，魁星七式所有可能的變化，阿吉一直自認絕對不輸人，可是此刻阿畢所使用的逆七式，卻總會讓阿吉料想不到。

以魁星七式的熟悉度來說，阿畢可是在來到北派的留學期間，才由呂偉道長代傳，至今也不過十年左右的光陰，因此相較之下，阿吉絕對可以說是經驗老到。

但是現在的阿吉卻只能被阿畢的逆魁星七式，逼到完全無法回手。

就算是當年與呂偉道長練習過招，也不曾有過這樣的情況，這讓阿吉真的有股不甘心的感覺。

不過，終究也算是經驗老到，雖然一直處於挨打的情況，但是在交手幾輪之後，阿吉很快就抓到了逆魁星的訣竅。

從一開始阿畢這邊每一手變化都可以讓阿吉狼狽不堪，到兩人交手十分鐘過後，阿吉已經不再出現狼狽的狀況，雖然一時之間還沒辦法回手，不過也已經算是躲得相當穩當了。

就在大家都覺得阿吉似乎逐漸站穩腳步的時候，阿畢突然改變戰術，沒有使用逆七式，反而一連使出了幾下魁星七式，阿吉這邊雖然被阿畢這樣的轉變動搖了一下，但是畢竟對魁星七式太過於了解，所以也立刻躲開了阿畢的幾手魁星七式。

這時阿畢突然又一個轉身，然後朝阿吉的反手一踏，雙手向前一推，阿吉立刻認出這是魁星七式中的貪狼─文曲，因此下意識想要出手化開，但剎那間內心一凜，不對，這一下阿畢並不是使用魁星七式，而是逆七式，不只招式相反，就連方位也會相反。

就這麼一猶豫，阿吉便錯過了最好的抵擋時機，阿畢這邊當然也抓住了這個契機，在貪狼─文曲之後，緊接著又向前踏了一步，一招祿存─破軍就朝阿吉而來。

這一下，阿吉知道自己勢必擋不住，因此向後一躍想要跳開，但是從上一招就已經淪為被動的阿吉，想逃卻為時已晚，阿畢的手掌就這麼打中了阿吉的胸口。

這一下雖然打得不紮實，但是阿畢也確實壓到了胸口。

不過只是輕輕一下，阿吉立刻感覺到背部一陣劇痛，甚至聽到了道服背後傳來的撕裂聲。

這就是阿畢現在最恐怖的地方，阿吉可以想見，如果剛剛自己沒有向後跳，此刻恐怕已經跟頑固老高一樣，背部整個都被阿畢那含有法力的掌力給打出了一個洞。

阿吉看起來就只是跳開來，可是這一退卻是一連退了好幾步之後，才能勉強站穩腳步。

在大夥的眼中看起來，這是兩人纏鬥了十分鐘之後，第一次分開來，而阿畢這邊也只不過贏了點面子，最後一掌壓在阿吉的胸口上，就好像師兄弟在練拳，點到為止。

豈料阿吉才剛站穩腳步，臉色立刻扭曲了起來，摀著自己的胸口，痛苦的模樣溢於言表。

阿畢的臉上浮現出一抹詭異的笑容，與此同時，阿吉也立刻感覺到不對勁，抬起頭來就看到阿畢的模樣。

阿吉不敢大意，立刻用大拇指壓住了自己胸前的穴道，接著果然喉頭一熱，「嗚哇」一聲吐出了一口黑色的血。

阿畢見了點點頭說：「看樣子，你不只跟你師父學了東西，跟陳伯也學了不少。你還真是不務正業啊。如果你乖乖待在這條路上，或許我們就不會走到今天這條路了。」

即便阿畢這句話說得挺酸，但是阿吉卻完全回不了嘴，因為他非常清楚，如果剛剛自己沒用手指壓住穴道，恐怕這股黑血已經下到內臟，到時候自己恐怕只能痛到在地上打滾了。

就連當年的呂偉道長也非常清楚，跟墮入魔道的對手在拳腳功夫上想要佔到任何一點便宜，恐怕都是不可能的事情。

畢竟對方在入魔道之後，只要使用逆魁星七式，每一拳、每一腳都充滿法力，即便是當年的呂偉道長，修行之高絕非阿吉與頑固老高所能比擬，都佔不到半點便宜，更何況阿吉。

因此阿吉非常清楚，這樣打下去，自己落敗只是時間問題而已。

阿畢這邊看阿吉沒有反應，沉了口氣之後，雙膝一蹬再次朝阿吉撲過去。

「注意了！」阿畢叫道。

語方落，身形已至，阿畢雙腳踏準方位，一掌朝阿吉臉部而來。

阿吉一眼就認出阿畢所用的是貪狼─武曲，這是魁星七式。

阿畢重施故技，不想再跟阿吉纏鬥。

對阿畢來說，這幾下交手的確讓他有點失望了，因此現在的他只希望快點解決阿吉，讓阿吉失去反抗力，這樣大概就夠了。

所以一下手又開始交替著使用魁星七式與逆七式，試圖讓阿吉犯下跟剛剛同樣的錯誤。

但是阿吉這邊，當然不願意再這樣繼續纏鬥下去。

剛剛終究還是有點訝異阿畢會突然切回魁星七式，所以被搶了先機，眼看阿畢這邊用了魁星七式，阿吉非常清楚一旦雙方都用相同的招式，自己絕對不會吃虧。

因此雖然這一下來得極快，阿吉這邊也幾乎是反射性地用魁星七式迎戰，不過由於阿吉已經打定主意不在拳腳上面跟阿畢纏鬥，因此一出手就以守勢化開了阿畢的攻勢，而且因為對於魁星七式的了解，一瞬間，阿吉立刻順勢繞到了阿畢的背後，在這一連串的交手之下，阿吉終於第一次有了取得主動的機會。

當然這並不是偶然形成的一個局勢，完全是阿畢一手設下的陷阱，早在留學北派的時候，兩人就曾經像師兄弟一樣練拳、鬥法，阿畢對阿吉的了解，恐怕連阿吉自己都難以想像。

他非常清楚當自己用出這招的時候，阿吉肯定會像現在這樣，繞到自己的背後，然後在過去，阿畢總會敗在這一招之下，不過此一時彼一時，這時候的阿畢已經不是當年的吳下阿蒙，一見到阿吉一如往常繞到自己後面，阿畢右腳朝斜後方一踏，立刻使出逆七式。

如果阿吉像過去一樣朝自己追擊，那麼這一下，就會結束這場決鬥。

但是，阿畢殊不知阿吉已經不打算在拳腳功夫上纏鬥，因此當他轉過身來，左拳一掃的同時，赫然發現原本應該要追擊的阿吉，此刻竟然已經向後一滾，完全沒有追擊的意思，瞬間拉開了兩人之間的差距。

這讓阿畢感到無比的錯愕，當然，更強烈的是一股憤怒。

阿吉向後一滾之後，立刻朝著貨車衝過去，轉眼間便衝到了貨車旁，打開貨車車門，從裡面拿出了一個箱子。

留在原地的阿畢，看到阿吉這樣，內心真的是心痛到了極點。

對阿畢來說，阿吉實在是太讓自己失望了，原本還以為遇到了一個可佩的對手，但是真的交手過後，阿畢立刻發現阿吉恐怕連那個男人的一半都還不到。

「放棄吧，」阿畢沉著臉說：「你沒有半點希望，你還不懂嗎？」

「你確定嗎？」阿吉一臉不以為然地打開了箱子。

畢竟就算阿畢真的墮入魔道了，鍾馗派的精華還是在跳鍾馗，至少這一點，阿吉對自己還有裝在箱子裡面，那個被人尊稱為「刀疤鍾馗」的搭檔，還有那麼一點信心。

誰輸誰贏還很難說……

至少，阿吉是這麼想的。

「你還搞不清楚是嗎？那麼就讓我告訴你吧，」阿畢一臉傲然：「就連你師父都不會是我的對手！」

「什……什麼？」阿吉瞪著阿畢。

「沒錯！」阿畢用手指著阿吉說：「你的師父，也就是那個傳說中的一零八道長，就是死在我的手下！」

2

劉易經的遺物之中，並不是只有那本記錄了他一生所學與經歷的書而已。

在那本書的自傳裡面，劉易經寫下自己的人生有兩個最大的成就。

其中一個，就是後來與劉易經這個名字劃上等號的天滅魔之陣。

劉易經憑著一己之力，讓天滅魔之陣重現人間，並且還冒著生命危險，反覆進出天滅魔之陣，讓口訣重現於南派。

然而，第二個成就，原本應該可以遠遠勝過第一個成就，並且讓劉易經留名青史，可是最後卻成為了他人生中的遺憾，甚至賠上了自己的生命。

在鍾馗派的所有一百零八種靈體之中，有一個被稱為最究極的靈體，也就是法力最高強，最難以對付，甚至已經被稱為墮神的靈體——天逆魔。

相傳在人世間一共有十二體的天逆魔，其中兩體已經在鍾馗祖師還在人世間的時候，將他們給收了。

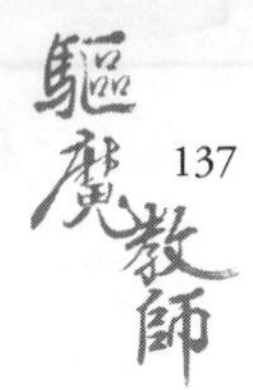

剩下的十體之中，只有鍾馗派的第六代傳人，曾經與一體天逆魔同歸於盡，然而也因為這個原因，導致口訣大量缺失，很多重要的口訣，都在這個時間點遺失了。

而殘留下來的弟子，也因為還沒背熟口訣，因此對於口訣的一些地方，產生了許多歧見，更進一步導致鍾馗派的分裂。

在那之後，想要收服天逆魔，根本就是一件不可能的任務，缺乏可靠的口訣，相當於失去了鍾馗派最重要的支柱，因此之後就更沒有人可以收伏天逆魔，並且隨著時間的流逝，天逆魔的口訣也越來越短，到最後只剩下一個字。

不過這些並沒有因此阻止了劉易經，他在台灣發現了其中兩體天逆魔的蹤跡，那是剩餘九體天逆魔中，比較特殊的一對天逆魔。

這一對天逆魔是形影不離的兄弟，兩人在一起的時候，威力無人能敵，但是一旦兩人分開，就會互相顯露出最脆弱的一面與弱點。

劉易經知道機不可失，這是證明自己並且重振鍾馗派最好的機會。

他設下陷阱與伎倆，讓天逆魔兄弟分離，然後再佈下天滅魔之陣助威，引來了這一對天逆魔之中的兄長。

最後在經歷一場苦戰之後，劉易經順利將天逆魔兄長給封印在一個罈子裡。

原本劉易經還打算來個如法炮製，好好研究一下天逆魔，並且讓天逆魔的口訣復活。

但是在與天逆魔的戰鬥之中，劉易經受了超乎自己想像之外的重傷，而這個重傷最後成為了不治之症，讓劉易經還來不及完成口訣，就必須面對死亡。

當然，最後的他並沒有死在這個重傷之下，而是死在呂偉道長的手下。

值得一提的是，在死於呂偉道長手下之後，過了多年，因為失去兄長而躁動不安的天逆魔弟弟，在各地造成了危害，因此呂偉道長前往與之對決，最後也順利消滅了天逆魔弟弟。

而呂偉道長消滅天逆魔的事情，也讓呂偉道長的聲望達到了巔峰。

只是就連呂偉道長都不明白，自古記載這一對形影不離的兄弟天逆魔，為什麼會突然失散分開。當然他作夢也沒有想到，那位兄長就被人封印並且一直藏在他也很熟悉的頑固廟裡面。

在劉易經死後，這個罈子與一本記載了他一生所學的書本，就藏在他的書房，一直到被阿畢發現為止。

劉易經將罈子藏放的地點也記錄在書本裡面，因此在阿畢詳讀了劉易經的遺物之後，自然也找到了那個罈子。

在墮入魔道之後，阿畢擁有了更為強大的力量，照著書上所記載的方法，阿畢也掌握到了短暫控制天逆魔的能力。

阿畢解放了封印，並且重新將天逆魔以自己的生命封印，如此一來，除了自己之外，沒有任何人可以控制這個天逆魔，而天逆魔也不會在任何情況被任何人解開封印，因為解開封印的方法只有一個，就是在阿畢往生的時候，天逆魔的封印才會跟著解開。

這樣一來，阿畢便可以在他的有生之年，永遠控制天逆魔，並且他也可以保證，不管是誰，只要殺害了自己，就絕對得要面對解開封印的天逆魔，這也算是多了一層沒有人敢隨便對自己動手的保障。

不過，即使學會了所有劉易經的口訣，加上踏上了與劉易經相同的道路，還得到天逆魔這個非常有用的靈體，阿畢卻從來不曾試過自己的身手，這讓他非常渴望可以一試身手。

可是已經得到逆天般力量的阿畢，早就不是一般對手就可以滿足的，他需要一個強大的對手，才能真正證明自己的實力。

而普天之下，只有一個人浮現在他的腦海之中。

在阿畢的眼中，這個人不如自己真正的師父劉易經，聲望卻遠遠在自己師父之上。在讀完劉易經的一生之後，阿畢的內心也為了劉易經這種時不我與的情況而感嘆不已，相對的，對於呂偉道長與阿吉兩人，也產生了忌妒又怨恨的心情。

當然，或許也可以說，這是一種隱藏在心中，對於阿吉的怨恨之情所發酵之後的結果。

雖然阿畢的確也很喜歡阿吉，但是對於阿吉卻也隱藏著忌妒與羨慕。

每每只要一看到高梓蓉與阿吉在一起的模樣，這種心情就會從心底深處爬出來，煽動阿畢的情緒。

基於這些原因，當阿畢想要找個人來試試身手的時候，第一個想到的就是呂偉道長。

於是在那一個注定永遠在眾人心中留下烙印的夜晚，他來到么洞八廟，釋放出天逆魔，並且控制天逆魔襲擊了么洞八廟。

由於一切來得十分突然，呂偉道長與阿吉根本毫無準備，呂偉道長為了保護廟裡的眾人被天逆魔所傷，最後也因此命喪黃泉。

3

聽完了阿畢說出當年自己是如何控制天逆魔去襲擊么洞八廟的情況，現場可以說是一片鴉雀無聲。

當年幾乎所有人都認為，是因為呂偉道長滅了天逆魔弟弟，他的兄長才會回來報仇，想不到背後的事實真相卻跟眾人所想的不一樣。

不過，對阿吉來說，他一直都不肯相信事情是如此單純，因為兩人在動手對付天逆魔弟弟前，一直設法想要找出天逆魔兄長的行蹤，但是呂偉道長幾乎用遍了所有他所知道的方法，卻仍然找不到天逆魔兄長。

最後判斷天逆魔兄長已經不知去向之後，兩人才動手對付天逆魔弟弟。

但是想不到後來天逆魔兄長卻突然找上門來，這讓阿吉與呂偉道長都覺得事情絕對不單純。

「果然……」阿吉咬牙切齒地說：「我一直都覺得我師父的死，絕對不單純，果然是人為的。」

「是又如何？」阿畢側著頭說：「你真以為你有辦法對付天逆魔嗎？」

阿吉咬著牙，不打算再跟阿畢囉嗦，伸手進去箱子裡面，將那個他稱為「夥伴」的戲偶給拿了出來。

即便早已聽說，但是當阿吉將箱子打開，拿出刀疤鍾馗的時候，現場還是引起了一陣騷動。

對大部分在場的人來說，這可是親眼見證了一個傳奇，過去從來沒有見過刀疤鍾馗的他們，此時此刻終於見到了這尊傳奇戲偶的廬山真面目。畢竟這可是那位號稱國寶級的高師父，在人世間最後的遺作。

此時所有人的目光幾乎都集中在刀疤鍾馗身上，比起一般戲偶還要大上一號的刀疤鍾馗，雙目炯炯有神，不管從什麼角度看過去，都有種他在回瞪自己的感覺，即便眼睛上有一道明顯的刀疤，但是完全不損他的威嚴，反而有種更為凶悍的感覺。

在親眼目睹了這尊戲偶之後，幾乎所有人都有種名不虛傳的感覺，刀疤鍾馗果然是戲偶界的傳奇。

不過對阿畢或曉潔等已經看過刀疤鍾馗的人來說，當然沒有這種反應，尤其是阿畢，他冷眼地看著刀疤鍾馗，然後緩緩地搖了搖頭說：「說真的，雖然很期待跟你這樣鬥法，不過我對你的操偶技巧已經沒有興趣了。我想我已經看得夠多了，就算你操偶的技巧高超又如何？就算刀疤鍾馗靈力過人又如何？看過一次大概也想像得到你的極限到哪裡，懂了嗎？這就是你們凡人的極限。」

聽到阿畢這麼說，阿吉也不惱怒，反而冷笑回應說：「你還真是自以為是啊，你真以為你看過了？告訴你吧，你其實……什麼都沒有看過。關於我真正的操偶技巧，你根本連見識都沒有見識過。」

就在阿吉這麼說的同時，手上的提線一抖，底下的刀疤鍾馗也立刻動了起來，只見刀疤鍾馗配合著阿吉所說的話，側著身撇著頭看著阿畢那邊，然後說到最後一句的同時，刀疤鍾馗舉起自己的左手，拍拍自己的右肩，就好像真的在拍灰塵一樣。

看到刀疤鍾馗那活靈活現、踱個二五八萬的模樣，讓現場的人也看傻了眼，有些人甚至笑了出來。

「還不把你的本命拿出來？」阿吉沉著臉說。

「哼，」阿畢冷哼了一聲說：「殺雞焉用牛刀。」

阿畢右手一抖，手上立刻多了一個鈴鐺，左手從胸口掏出一張符，一臉傲然地看著阿吉。

阿畢右手一晃，鈴鐺立刻發出清脆的響聲，左手一轉，手上的那張黃符，立刻閃燃了起來。

黃符燒盡的同時，阿畢的前面浮現出一個半透明的身影。

「先用人縛靈跟你玩玩，」阿畢嘴角浮現出一抹不懷好意的微笑：「這些鬼魂都已經在我的控制之下了，你還不懂嗎？你的祖師鍾馗嚇不走我的鬼魂的。」

所謂的墮入魔道，其實就等於是拜鬼王鍾馗為祖師，因此原本用來降妖伏魔的口訣，也會變成了控制駕馭這些鬼魂的口訣，這種現象就被鍾馗派的人稱為「魔悟」。

「誰說……」阿吉側著頭，一臉不以為然地說：「我要用嚇的？怎麼啦？那鬼魂只是裝飾嗎？不敢動嗎？難不成要我攻過去嗎？嘴巴是挺伶俐的，可是實力我還沒看到。」

阿畢聽到阿吉這麼嗆聲，臉一橫手一揮，那個人縛靈立刻朝阿吉這邊衝過來，整個飛舞在空中。

誰知道那人縛靈還沒靠近阿吉，就哀號了一聲，在空中被打得魂飛魄散。

一切都來得非常之快，幾乎就在一眨眼的時間裡面，讓在場好大一部分的道士根本連看都沒看清楚。

「這是怎麼回事？」沒看清楚的人立刻問了問旁邊的人。

「剛剛好像刀疤鍾馗……」看清楚的人有點難以置信地答道：「那個……那個……飛踢了。」

「啊？」

是的，剛剛只要有全神貫注看著場上情況的道士，每個人都清楚地看到了那個景象。

就在人縛靈飛向阿吉的時候，還在半空中，阿吉這邊的刀疤鍾馗也飛了出去，在半空中一腳就將人縛靈給踢到魂飛魄散了。

阿畢這邊由於角度的關係，一時之間也沒看清楚，到底剛剛那個人縛靈是怎麼被阿吉消滅的。

不過用人縛靈試探的意味本來就大於實際上的攻擊，因此見到這情況，阿畢立刻掏出兩張符籙，搖了搖手上的鈴鐺，符籙立刻又燒了起來，與此同時，另外兩個人縛靈突然浮現，一左一右再度朝阿吉飛去。

然而這一次，這兩個人縛靈比前一個還慘，才剛起飛，迎面而來的就是飛舞的刀疤鍾馗，只見刀疤鍾馗由左而右，一腳一隻，在空中劃出一道圓弧，俐落地踢飛了這兩個人縛靈。

不過這一次，阿畢終於看清楚了，阿吉到底是怎麼樣輕輕鬆鬆就解決掉這些人縛靈。

當然，阿吉的這一手連曉潔也沒見過，因此就連曉潔也看得目瞪口呆。

「你操偶幾年了？」曉潔左邊的男子也看傻了眼，轉過頭來問右邊的男子。

「……十八年。」

「你有讓你的本命飛踢過嗎？」

「誰、誰可以啊！」

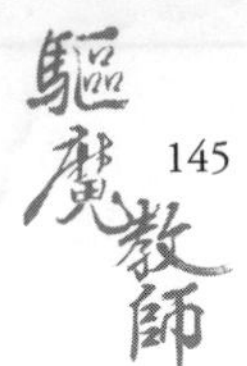

阿畢咬緊了牙，然後不再多逞口舌之快，從懷中掏出了五張符，搖動手上的鈴鐺之後，在一陣閃焰過後，五個低等靈體的妖魔鬼怪，立刻浮現出來，並且同時朝阿吉攻過來。

五個靈體才剛出發，阿畢立刻又掏出五張來。

眼看阿畢這邊開始發動人海攻勢，阿吉當然也開始動了起來，阿吉拉開雙手，除了甩動手上的線之外，有時甚至原地旋轉了起來。

阿吉不只有善用自己的雙手，就連脖子、肩膀有時也會順勢勾住線，看起來完全不像是一般人在操偶，反而有種像是在使用兵器九節鞭的感覺。

只見刀疤鍾馗就好像有翅膀一樣，飛舞在空中，左一拳、右一腳的將這些被阿畢所操控的靈體，全部打得落花流水。

阿畢這邊也不曾停手，一再召喚出靈體來攻擊，但是不管阿畢召喚得多麼快又多，始終沒有半個靈體可以越雷池一步。

雙方激烈的攻防就這樣在中庭展開，只是因為層次已經遠遠超過眾人所能想像之外，以至於一時之間，所有人都只能瞪大雙眼，一臉愕然地看著中庭。

這是多麼恐怖的感覺啊？

原來那些關於阿吉的傳說都是假的，這男人根本不是什麼擁有高超的操偶技巧，單以技巧來說，這根本就已經是神的領域了。

此刻的阿吉看起來就好像一個九節鞭的功夫高手，但是比起九節鞭，那個飛舞起來的刀疤鍾馗，在空中的弧度又很像扯鈴在甩動的模樣，忽遠忽近、飄忽不定。

比起那些被阿畢召喚出來的妖魔鬼怪，此時此刻的刀疤鍾馗，那行動的模式或者是表現出來的魄力，反而更像鬼魅，讓人捉摸不定。

這時大家才終於了解了，阿吉說的是真的，阿畢，不，在場的所有人，根本就沒人真正見識過阿吉操偶的功力。

不管是阿畢還是曉潔，乃至於那些曾經看過阿吉操偶的人，或許都很天真的認為，阿吉的操偶技巧比起其他人，就是可以一次操作多個戲偶，如此而已。

但是這種認為阿吉的操偶技巧，只朝「量」的方向前進的人，此時就好像是白癡看天才一樣，根本不了解他到底有多厲害。

阿吉在「質」的方面，也有超乎想像的成長，此刻看到那飛舞在空中的刀疤鍾馗，根本已經遠遠超過在場所有人對於操偶這件事情所能理解的範圍。那刀疤鍾馗就好像真的有生命一樣，又跑又跳又飛踢的。

當然，除了阿吉本身的技巧已經到了神的領域之外，所有人也為那刀疤鍾馗感到讚嘆。

一般製偶師父的戲偶，根本不可能承受得了這樣的技巧。

只有國寶級的師父所製造出來，一魂入偶的刀疤鍾馗，才有可能承受這種幾近粗暴的操偶技術。

畢竟阿吉操偶根本已經到了暴走的程度，一般人操偶是垂線而動，阿吉根本可以說是用甩的，真的就把戲偶當成了兵器一樣。

此刻刀疤鍾馗就好像有翅膀一樣，飛躍在場中，當真是一騎當千，萬夫莫敵。飛翔的刀疤鍾馗帶給現場所有人無比的震撼，就連多次看過阿吉操偶的曉潔也訝異不已。

曉潔完全不敢想像，阿吉的操偶技巧竟然可以高超到這種地步，曉潔仰起頭來看了看其他人的反應，每個人的臉上都掛著難以置信、佩服至極的表情。

這讓曉潔突然心生好奇，立刻轉過去看那個老年道士。

光是個鍾馗嫁妹都已經讓那老人家淚流滿面了，曉潔很好奇現在他會用什麼模樣看著眼前這幾乎已經可以說是神話的場面。

只見那老人家此刻竟然跪在那裡，臉上一樣是淚流滿面。

這是什麼「娘子快出來看上帝」的拜神場面啊？

曉潔看了不禁啞然失笑，可以讓同行看到淚流滿面地跪下來又是哪招？

不過這當然不是老人家的錯，畢竟這輩子根本沒人想像得到，有人可以操作戲偶像在耍九節鞭一樣。

阿畢那邊雖然跟眾人一樣驚訝，但是他也沒有停下來，黃符一張一張地掏，鈴鐺也一次又一次地搖，一個又一個的低階靈體就在阿畢的召喚之下，出現在阿畢面前，然後朝阿吉飛去，接著又在半空中被刀疤鍾馗打滅。

一直不段重複的景象，讓眾人開始懷疑，這樣下去這一場戰鬥到底會演變到什麼程度。不是阿畢這邊先把帶來的符燒完，就是阿吉這邊先累到筋疲力盡為止吧？

就在大家都開始逐漸出現這樣的想法時，東側一個老道士卻有完全不一樣的看法。

「你們看，」那個上了年紀的道士渾身顫抖地說：「那個刀疤鍾馗好像……在空中……踏出了七星步。」

此話一出，立刻像散播病毒一樣，一個傳一個，很快就傳遍了在場所有人的耳中。

所有人都將身子向前仰，拚命地瞪著那個在中庭來去自如，穿梭如風的刀疤鍾馗，試圖想要看清楚是不是真的如那老道士所說的一樣。

那模樣像極了多年前在台灣流行過的３Ｄ圖，在街頭擺上一張總會聚集一群圍觀的人，伸長脖子專注看著畫，試圖透過讓眼睛失焦來看到隱藏在畫中的另外一個影像。

過了一會之後，一個接著一個似乎從中看出端倪的道士，紛紛發出讚嘆與驚訝之詞。仔細看就可以看得出來，那尊刀疤鍾馗真如老道士所說，在空中擺出各種踩七星步時會擺出來的架勢。

這時只見刀疤鍾馗又是一拳一腳收拾了幾個低階靈體之後，在空中晃到了另外一邊，頓時又擺出了個踏入開陽之後會擺的架勢。

所有人這時都看出來了，刀疤鍾馗果然在空中踏出了七星步，而且這個七星不是平面的，而是整個立體的。

這是什麼妖法？

就在大家又驚又懼的情況之下，阿吉突然大喝一聲。

「破！」

與此同時，刀疤鍾馗又在空中打滅一隻鬼魂，接著在空中凌空擺出一個魁星踢斗的姿勢，這正是踏入最後一步瑤光的時候會擺出的最終架勢。

擺出姿勢的瞬間，所有鬼魂都彷彿被一陣狂風給吹散一樣，這股強悍的風勢也吹向了阿畢，就連阿畢拿著鈴鐺的手，也彷彿被東西射中一樣，被震到往後一擺，鈴鐺也從握柄的地方跟著應聲斷開。

在一鼓作氣擊退所有鬼魂之後，刀疤鍾馗瀟灑地被拉回了阿吉跟前，就好像一點都不費力的模樣。

「我說過了，」阿吉沉著臉說：「你根本什麼都沒見過。」

「別囂張，」阿畢冷冷地說：「我也說過了，這只是試試你而已。」

阿畢說完，從身後掏出了一面令旗，阿吉一眼就認出來，那令旗正是鍾馗四寶之一的鍾馗令旗，不過就連這個曾經充滿正氣，對鍾馗派來說是至寶的令旗，此刻也被血染成了紅色。

阿畢將令旗舉在面前，然後口中開始唸唸有詞。

阿吉非常清楚這一次非同小可，絕對不是讓刀疤鍾馗耍耍拳腳功夫就可以解決得了的，他立刻將刀疤鍾馗舉起來，並且將刀疤鍾馗捧在胸前，似乎在調整什麼。

另一頭的阿畢唸完了咒語之後，舉起了血染的令旗，冷冷地對阿吉說：「現在我看你怎麼對付這些天兵天將！」

阿畢說完之後，立刻丟出了令旗，頓時兩人之間的半空中，出現了一整排的天兵天將，二話不說朝著阿吉這邊衝過來。

所有人都瞪大雙眼想要看看這下阿吉打算怎麼辦，畢竟這些由令旗借調來的天兵天將可不比一般靈體，不是輕輕鬆鬆靠著拳腳就可以打滅的對象。

果然與此同時，阿吉這邊也有了回應，阿吉原地轉了一圈，然後再次粗暴地將刀疤鍾馗甩出去。

刀疤鍾馗在空中劃出了一道完美的弧線，並且掃過那些天兵天將，雙方碰觸之下，竟然立刻爆出火光，讓在場所有人驚呼不已。

在這一陣攻防之下，阿畢召喚出來的天兵天將略遜一籌，被刀疤鍾馗給擊退。

眾人定睛一看，才赫然發現刀疤鍾馗手上竟然多了把寶劍，就是靠著這把寶劍，一整隊的天兵天將才會被刀疤鍾馗給擊退了。

擊退了天兵天將之後，刀疤鍾馗在空中轉了一圈，瀟灑俐落地回到了阿吉身邊，一腳一蹬又擺出一個魁星踢斗的模樣，而且頭還微微上揚，就彷彿是一臉傲氣的模樣。

「別太得意，」看到阿吉那模樣，阿畢沉著臉說：「不是只有你有本命鍾馗。更不是只有你會操偶。」

阿畢拍了拍手，兩個道士立刻抬著箱子跑了過來，阿畢接過箱子，把箱子打開，裡面裝的是阿畢的本命鍾馗。

當阿畢一拿出鍾馗戲偶，阿吉也立刻皺起眉頭。

雖然早就已經有了心理準備，不過親眼看到，還是可以用怵目驚心來形容。

那是一尊血染的鍾馗戲偶，模樣十分駭人。

「各位你們看清楚自己在做什麼了嗎？」阿吉仰起頭來對著在場所有道士叫道：「這跟當年第十三代有什麼不一樣？你們真的想要跟隨墮入魔道的人嗎？如果是這樣的話，那你們跟那一代被驅逐的人有什麼不一樣！你們還對得起祖師嗎！」

阿吉所說的第十三代，是鍾馗派的一大事件，也是另外一個門派的起源。

在鍾馗派第六代，因為太過於早逝而導致口訣遺失了大半之後，在第九代時進入了分裂時期，而到了第十三代，其中一派有鑑於口訣日益消失，因此該派掌門做出了跟劉易經一樣的決定，墮入魔道。為的就是想要挽救這些已經殘破不堪的口訣，希望藉由入魔道可以多少保存一些精華下來，哪怕這些精華是墮入魔道之後才能領悟出來的邪魔歪道。

當然，對於這樣的決定，當時的鍾馗派也曾經試圖想要阻止，可是礙於那個掌門的法力太過高強，因此最後也只能默不吭聲，摸摸鼻子讓這件事情發生，只有消極的將他們驅逐出鍾馗派，並且給了他們一個汙名——鬼王派。

然而離開的鬼王派，曾經有過一小段風光的時刻，只是隨著掌門人的去世，一代不如一代，一直到現在已經幾乎沒人聽過了。

因此當阿吉提到第十三代的事情，讓在場許多道士都低下了頭，一臉羞愧的模樣。

「住口！」阿畢用手指著阿吉罵道：「你跟你師父才是那個真正墮入魔道的人！如果不是你師父暗藏口訣，把大家逼上絕路，我們根本不需要走到今天這個地步！對劉易經來說是這樣，對今天在場的各位來說也是這樣！你跟你師父，總是把一切利益歸於己有，卻漠視眾人的利益。這就叫做道貌岸然！」

阿畢罵完之後，再度將另外一面染紅的鍾馗令旗丟了出去，那些被擊退的天兵天將，也再一次整隊朝著阿吉衝過來。

阿吉這邊也再度甩出刀疤鍾馗，雙方又再一次在空中激戰了起來。

只是這一次的情況跟先前不一樣，那些天兵天將在阿畢跳血鍾馗的聲援之下，戰力大大提升。

只見雙方在空中你來我往，看得所有人目瞪口呆。

這已經完全不是眾人所能置喙的一場戰鬥，光是看雙方的激烈戰鬥，就足以讓眾人明白，就算他們花上一生的時間，恐怕也不可能跟場中的這兩個人對壘。

而眾人也明白剛剛阿吉對付他們用鍾馗嫁妹，還當真是手下留情了，如果阿吉一開始就用刀疤鍾馗來跟眾人鬥法，那麼這邊肯定會有不少人因為承受不住那股威力而受到嚴重的內傷。

即便是敵人，阿吉還是手下留情了。

這讓更多人無言地搖著頭，感嘆自己真的犯下了難以挽回的錯了。

在阿畢跳血鍾馗的助陣之下，刀疤鍾馗很明顯已經不再能夠像先前那樣，輕鬆解決對手，而在人數絕對的劣勢之下，刀疤鍾馗形成的防衛線也開始逐漸崩壞，就在大家這麼想的時候，突然一個天兵天將越過了鍾馗，朝阿吉這邊而來。

「小心啊！阿吉！」看到這個情況的曉潔，忍不住提醒阿吉。

但是此刻的刀疤鍾馗還在空中跟其他天兵天將纏鬥，根本來不及拉回來對付那個朝阿吉飛過來的敵人。

就在這個很可能會決定出今天這場戰鬥的勝負之際，阿吉突然轉身，跟著刀光一閃，將那個靠近的天兵天將一劍擊開。

眾人定睛一看，立刻認出那把在阿吉手上的寶劍，就是鍾馗四寶之一，也就是鍾馗祖師曾經使用過的鍾馗寶劍。

「那倒是省了我一些麻煩，」阿畢笑著說：「我還在煩惱如果你沒帶來，我們還得想辦法撬開么洞八廟的保險箱才行。」

雙方繼續激烈對戰，一時之間雖然還是有幾個天兵天將鑽過了刀疤鍾馗的防線，但阿吉總是能用鍾馗寶劍保護自己。

阿畢知道自己如果想要快點解決，終究還是得要想辦法加強進攻才行。

於是他停下了跳鍾馗，從懷中又掏出了幾張黃符，這一次他不再用那些低階靈體，而改用中階的靈體。

在阿畢的作法之下，只見各式各樣的中階靈體，大量的人饑靈與駭人的怨靈，紛紛出現在阿畢面前，朝阿吉這邊衝過來。

一時之間，整個中庭竟然就像是一場百鬼夜行的恐怖饗宴。

阿吉見狀更加強、加快刀疤鍾馗的飛行速度，阿吉用盡全力甩動著刀疤鍾馗，盡可能讓那些靈體不至於越過雷池半步。

這時刀疤鍾馗的速度已經快到讓眾人連看都看不太清楚了，眾人不免懷疑，這戲偶真的可以承受得住這樣強力的操作嗎？

結果答案很快就揭曉了，提線有一根就這樣承受不住強大的壓力，突然應聲斷了開來。

雖然只失去一條線的情況，阿吉絕對還可以操作得很好，但這必須是在阿吉事先知情或者是有足夠時間反應的情況之下，而不是像這樣在快速且用力的操作之中突然斷開。

這樣突如其來的意外，就算是阿吉也不可能來得及反應。

在斷線的同時，空中的刀疤鍾馗也跟著頓了一下，不過就是這麼一下，整個防線就被大量的靈體給突破。

雖然阿吉用鍾馗寶劍滅了幾隻迎面而來的靈體，但是由於數量太過於龐大，因此阿吉仍然擋不住緊接而來的幾個，就這樣被那些靈體給擊中了胸口，整個人都飛了出去，筆直地撞上了停在中庭的貨車車頭上。

整個人撞在貨車前，就好像剛剛經歷一場車禍一樣，阿吉整個人卡進了貨車車頭之中，即便受到了這樣的傷害，阿吉手上仍然緊緊握著鍾馗寶劍與刀疤鍾馗的提線，也算是奮戰到了最後一刻了。

看到這景象，阿畢知道自己可能說錯了，阿吉的確是個對手，而且很可能是唯一的對手，他懷疑在阿吉之後，自己真的還可以在人世間找到像阿吉這樣的高手。

「宿命……你了解嗎？」

在一片黑暗之中，阿吉彷彿又聽到了，當年呂偉道長在臨終之前問自己的那個問題。

阿吉猛力地張開自己的雙眼，然後站起身來。

阿吉還沒有打算放棄，用手擦去了剛剛被撞擊之後滲出來的鮮血，阿吉再次甩動起刀疤鍾馗，對阿畢展開攻擊。

然而，在受到這樣的重創之後，戰況似乎就有了很大的改變。

阿吉雖然再度展現出他在極為不利的情況之下，還能夠勉強操作刀疤鍾馗的驚人技巧，但是戰況仍然對阿吉十分不利，因此往往沒有幾下，阿吉就再度又被阿畢攻破，整個人再度被擊飛。

不過不管阿吉被擊飛多少次，總是會用盡全力再度站起來，然而幾乎每一次站起來，刀疤鍾馗身上的提線就又少了一條。

雖然阿吉可以輕鬆靠著兩條線就能夠操作刀疤鍾馗，但是可以做的動作也會隨著線越來越少而變得單調。

換言之，刀疤鍾馗的力量也會隨著操偶線越來越少而顯得不足。終於阿吉又再一次被打飛，重重地撞上貨車之後，當他勉強地站起來時，刀疤鍾馗身上的線全斷了。

勝負已分。

到了這種程度，就算是曉潔也不得不承認這一點了。失去了刀疤鍾馗，阿吉已經沒有任何希望了。

阿畢見了，雙手一揮，在胸前一握，原本數以百計的妖魔鬼怪、天兵天將，瞬間消失得無影無蹤。

勝負已分，實在沒有必要再繼續拚鬥下去了，畢竟阿吉不能死，因為他們還沒有拿到口訣。

此刻的阿吉就像是挫敗的喪家犬一樣，只能垂著頭看著自己的本命鍾馗，卻沒辦法做任何的改變。

對阿畢來說，阿吉曾經是他生命中一堵永遠無法超越的巨牆，但是今天，這道巨牆即將像柏林圍牆一樣，被他推倒。

原本他還期望阿吉可以像個男子漢一樣，坦然接受這樣的失敗，但是他卻執意用這樣難看的方法來面對自己的失敗。

「阿吉啊，」阿畢仰著頭，臉上浮現的是一抹五味雜陳的微笑：「我對你……太失望了。」

過多的失血，讓阿吉已經意識有點模糊了，連站著都覺得整個天地都在旋轉。

突然，一個聲音傳入耳中，那是阿畢的聲音。

好熟悉啊……這句話。

阿吉微瞇著眼睛，試圖想要看清楚那模糊的身影，但是忽明忽暗的視線之中，兩張臉孔卻同時浮現在眼前。

阿畢的臉孔，逐漸與呂偉道長的臉孔融合為一，過去的記憶也跟著浮現在阿吉的腦海之中。

「阿吉啊，」呂偉師父的臉浮現在阿吉的眼前：「我對你……有點失望呢。」

當時的阿吉愣住了，在這之前，他從來不曾聽過呂偉道長這麼說自己。

那時候兩人剛拜訪完劉易經，當年還在讀小學的阿吉，正為了自己交到了一個新朋友而開心不已。

不管任何時刻，呂偉道長都是個慈祥的師父，對阿吉永遠是鼓勵多過於責備。

即便阿吉因為調皮搗蛋而被呂偉道長教訓，大部分也都是警告的意味居多。

從來不曾聽過呂偉道長這麼說，讓阿吉的內心揪了一下。對一個老是告訴阿吉，你是最適合走上這條路的人來說，「失望」這個詞，實在有點過於沉重。

「你簡直就是為了鍾馗派而生的孩子。」這是呂偉道長在收阿吉為徒的時候所說的話。「天才，你真的是天才啊，阿吉。」這是呂偉道長第一次看到阿吉操偶時所下的評語。在收了阿吉為徒之後，阿吉幾乎都沉浸在這樣的讚美之中，因此當呂偉道長對阿吉這麼說的時候，阿吉臉上露出極度訝異的表情。

「師……師父，」年紀還算小的阿吉，臉上難掩難受地問：「我……怎麼了嗎？」

「你很喜歡阿畢嗎？」

「當然啊，」阿吉一臉理所當然：「他是我的好朋友啊。」

「為什麼喜歡阿畢？」

「因為……」阿吉側著頭想了一會之後說：「我覺得他很好相處，很有善心……」

聽到阿吉這麼說，呂偉道長仰起了頭，嘆了口氣搖搖頭。

「你知道什麼是善行，什麼是善心嗎？」過了一會之後，呂偉道長問阿吉。

「一個是善良的行為，」阿吉猶豫了一會說：「一個是善良的心？」

「對，」呂偉道長點了點頭說：「但是，兩者卻是完全不一樣的事情。一個是選擇，一個卻是天生的惻隱之心。你的觀察力一直都無可挑剔，但是你挖得還不夠深。人啊，不是外表那麼單純。你雖然已經觀察入微，但是卻沒辦法看到人心。」

呂偉道長說了一堆對小學生來說，有點難懂的話，然後看著阿吉。

「人心……不是靠觀察就可以了。」呂偉道長淡淡地說：「即便是個善良的人，也可能終其一生沒有半點善行。當然，更有可能因為選擇的關係，讓一個善良的人而有了惡行。你很喜歡的阿畢，到底是善心……還是善行？」

當然，阿吉完全回答不出這樣艱深的問題，兩人就這樣一路沉默地回到了台北。

過幾天，呂偉道長赫然發現阿吉一臉苦瓜地坐在廟前，呂偉道長上前詢問阿吉怎麼了。

「照你這樣說，」阿吉白了呂偉道長一眼，一臉哀怨地說：「我什麼朋友都沒有了。善良的、邪惡的，我已經分不清楚了。」

「哈哈哈哈。」

呂偉道長豪邁地笑著，他想不到自己的一席話，會帶給阿吉如此這般的困擾。不過呂偉道長並不打算給阿吉答案，他摸了摸阿吉的頭說：「你會找到答案的。」

果然又過了幾天之後，阿吉滿臉笑容地出現在呂偉道長面前。

「今天心情那麼好？」呂偉道長笑著說：「看樣子，你應該是找到答案了？」

「嗯，」阿吉用力地點了點頭說：「阿畢果然還是好朋友。」

「喔？」呂偉道長饒富趣味地看著阿吉說：「這是你的答案？」

「嗯，」阿吉點了點頭說：「他有顆善心，我非常肯定，但是就像師父你說的一樣，光是這樣不可能保證他會有善行，不過我還是願意相信他，他不會做壞事的。」

「嗯，」呂偉道長收拾起臉上的笑容說：「那如果他偏離了你的期望呢？」

「那麼，」阿吉臉上顯露出無邪氣的笑容說：「我就會阻止他！這是好朋友該做的事情。」

這就是呂偉道長與阿吉兩人之間的第一場爭執，而不會讓阿畢走偏，也成為了阿吉承諾呂偉道長的一件事。不只有在那個時候，還有在頑固老高派阿畢來留學的時候，原本呂偉道長想要請頑固老高換一個人，也是阿吉力保自己一定不會讓阿畢走歪路，阿畢才得以成為呂偉道長的學生。

只是想不到，最後的阿畢，還是像呂偉道長所預料的那樣走歪了。

到底當時的呂偉道長是看到阿畢的哪一點，才會預料到今天，阿吉不知道。

不過他知道，在兩個爭執方面，自己都錯了，不過，他還可以挽救，就像他承諾自己師父的那樣。

阿吉緩緩地將滿臉是血的頭給抬了起來，看著眼前這個已經墮入魔道的好友。

「我說過了，」阿吉勉強地說：「我會阻止你。」

「啊？」

「不管你的目的是什麼，」阿吉緩緩地搖著頭說：「都無法彌補你犯下的錯。」

「不管你怎麼說啦，」阿畢搖搖頭不以為然地說：「你現在還能怎樣？」

的確就像阿畢所說的，現在的阿吉連站都站不穩了，實在很難有什麼作為。

「不，我還有一招，這會是我的……最後一招。」阿吉淡淡地說。

4

十多年前的么洞八廟，呂偉道長的辦公室裡面。

呂偉道長一臉愁容，來回踱步，阿吉看著自己的師父，一會走向左，一會走向右。

這實在是非常莫名其妙的一件事情。

因為阿吉就是被呂偉道長叫來辦公室的，但是在阿吉到了之後，呂偉道長就一直像現在這樣，來回踱步。

在過了一會之後，呂偉道長停下腳步，轉過來對阿吉說：「阿吉啊，我有個煩惱。」

「嗯，」阿吉用力地點頭說：「你表現得非常明顯。」

「師父我有點……猶豫，」呂偉道長哭喪著臉說：「有件事情我不知道該不該告訴你。」

「說來聽聽啊，」阿吉手扠著腰，有點跩跩地說：「幫師父解惑也是弟子的工作之一。」

聽到阿吉這麼說，呂偉道長在經過一番掙扎之後，還是決定將這件事情告訴阿吉。

這一天，呂偉道長告訴阿吉的，就是在那之後被阿吉稱為最後壓箱寶的絕招。

而且就呂偉道長所說，說不定這個世界上，只有阿吉一個人有可能做得到。

一般來說，不管是乩童還是他們這些鍾馗派的道士們所請的祖師或三太子，都不是神仙真正的真身或元神。

畢竟不管是祖師鍾馗還是三太子，都算是天上神仙，具有神格，一般人根本不可能請到本尊。

大部分降臨在乩童或者是道士身上的，簡單來說就是充滿法力的分身。

因為如果是神的本身降臨人世間的話，就只有金身才有可能當成容器，一般人的肉體根本不可能承受得了這樣的神格。

然而即便是分身，一般凡人也很難一開始就可以承受那麼大的法力。

就身為容器的容量這一點來說，請神上身的人，需要經過鍛鍊與經驗，與神的分身共處，他身為容器的容量才會慢慢越來越大。

一般的乩童，即便天分很好，也不可能在短時間之內就可以請神的分身駕臨。

這是需要慢慢去適應，慢慢增加容量的。

這也是為什麼乩童大多都需要休息一段不算短的時間，才可以再次請神。

但是阿吉不一樣，從小跟著呂偉道長征戰東西的阿吉，一直都是用戲偶跳鍾馗來支援，而大部分的時間，請到的鍾馗祖師都駕臨在戲偶上。

比起其他人，阿吉精湛的操偶技術，幾乎不需要請祖師，有時候跳一跳鍾馗，祖師的分身也會自動降臨。

因此不管對付的靈體難度高低，阿吉幾乎只要一支援，就可以請到祖師的分身。

過去呂偉道長從來不曾見過有任何鍾馗派的道士，可以用非本命的戲偶請到祖師爺，但是阿吉就是有辦法，這不僅要操偶技術之外，還需要天分。

一開始在那場送肉粽的意外之中，呂偉道長第一個看上阿吉的點，就是阿吉的記憶力。平常只是來廟前廣場玩耍的阿吉，竟然在旁邊看著呂偉道長教導一些上門求教的人們跳鍾馗，自己就記下來了，而且第一次跳就有模有樣。

對鍾馗派的人來說，記憶力幾乎就是他們的本命，畢竟要記下大量的口訣，本來就不是一件容易的事情。

因此，對剛入鍾馗派的人來說，最重要的天分有兩個，其中一個就是記憶力，這是關係到他們鍾馗派的口訣。

而另外一個能力就是觀察力，只有透過好的觀察力，才有機會判斷出每個靈體的特性，進而從口訣之中找到對抗的方法。

這兩者缺一不可，幾乎是鍾馗派弟子們最重要的兩個能力。

少了任何一者，都很難在鍾馗派的這條道路上有所斬獲。

表面上看起來，事實也的確是如此，但是這兩個能力充其量也不過就是一個入門的條件。

畢竟有志者事竟成，就算是記憶力比較差一點的人，只要持之以恆，不斷反覆地去背誦，相信終有記下口訣的一天，就連觀察力也可以透過後天的訓練而有所提升。

所以這兩個能力實際上說起來，頂多只是入門的門檻而已。

真正左右一個鍾馗派道士的實力，其實是另外兩個關鍵天分。

其中一個是操偶的能力，畢竟在大部分的情況之下，鍾馗派的道士都是用鍾馗戲偶來跳鍾馗，戲偶對鍾馗派的道士來說，就好像是一個日本武士的武士刀，或是中華俠客手上的那把劍一樣。

因此，操偶的天分對鍾馗派的道士來說，根本就好像外功一樣，也就是所謂的武術招式。

而另外一個能力，就可以算是鍾馗派道士的內力，那便是靈性。

畢竟鍾馗派沒有什麼法術，能夠用來與靈體抗衡的，完全就是個人的靈性。

雖然道行看起來比靈性還要重要，但是就跟觀察力和記憶力一樣，只要能夠持之以恆，就會越來越好。

但是靈性卻是天生的，即便透過訓練，每個人可以成長到的程度，也是因人而異。

而在收了阿吉當徒弟之後，呂偉道長意外發現，不管是靈性還是操偶技巧，阿吉都有過人之處。

這樣的靈性與操偶技巧幾乎是相輔相成，讓阿吉在操偶的時候，因為技巧高超而容易請到祖師，而請到祖師之後，阿吉的過人靈性又可以大量吸收這樣的能量，讓自己變成更可觀的容器。

在一次偶然的機會之下，呂偉道長就發現，阿吉非常適合請祖師，而且他那深不見底的靈性，或許真的可以請到祖師的元神也說不定。

這正是呂偉道長要跟阿吉說的事情。

——真祖召喚。

有別於其他人請祖師，請來的只是分身，阿吉可是有能力請到本尊。

這是一個天賦，但相對的也是一個詛咒。

畢竟不管阿吉靈性有多高，跟祖師爺的氣息有多合，凡人終究是凡人。不是金身的凡人身軀，一旦讓祖師爺真正降臨，輕則元神受損、精神錯亂；重則一命嗚呼、粉身碎骨，絕對不會有好下場。

這就是為什麼當時呂偉道長一直很猶豫要不要告訴阿吉的原因。

5

就好像太極一樣，白中有黑，黑中有白，相互纏繞。

世間萬物，有時候就是這樣，有鬼就有神，有墮入魔道，當然也有昇華神道。

在下定決心之後，阿吉將手放在胸前，接住那道從嘴角不斷流出的鮮血。

阿吉口中唸唸有詞，將當年在辦公室裡面，呂偉道長教他的口訣，一一背誦出來。

血液在手中匯集，阿吉用手一拍，血液四濺。

完全不知道阿吉到底在幹什麼的阿畢，只是冷冷地看著阿吉。

他很難相信，到了此時此刻，連站都有點勉強的阿吉，還能夠搞出什麼名堂。

只見阿吉仰起頭來，左手拍向胸口，右手高舉向天，大聲吶喊道：「祖師爺救命！」

所有人見到又是一陣訕笑。

「……太難看了。」阿畢搖搖頭說：「你看看自己成什麼樣子，你還以為祖師爺會來救你嗎？」

阿畢真的火大了，他想不到到了最後，阿吉口中的還有一招，竟然就是想請祖師爺上身，對於這樣的阿吉，阿畢除了失望之外，還感覺到氣憤。

「你憑什麼！」阿畢怒斥。

阿畢突然揮手朝阿吉射出兩枚銅錢，阿吉根本沒有反應過來，就這樣被銅錢擊中。

由於銅錢蘊含了阿畢入魔的法力，因此不過兩枚銅錢，就把阿吉整個人給打飛，再一次重重地撞上了貨車的車頭。

整個貨車車頭也因為阿吉一而再、再而三的撞擊，早就已經扭曲變形，很可能連發動都沒有辦法了，其他不知情的路人如果看到了，可能還會覺得這台貨車剛剛發生過不知道多嚴重的交通事故。

看著阿吉一次又一次被阿畢幾近虐殺似的攻擊，曉潔早就已經不忍心再看下去了，這時再一次看到阿吉好不容易站起來，曉潔再也無法忍受。

「不要了！投降！我們投降！不要殺阿吉！」曉潔哭叫著：「放過阿吉！口訣我有！問我！」

曉潔叫著並且衝向前，立刻被兩旁的男子抓住。

這聲音當然傳到了眾人的耳中，幾個心地比較軟的道士也撇過頭去，不願意繼續目睹這宛如虐殺般的慘狀。

就在大家覺得阿吉應該差不多了的時候，想不到倒在貨車車頭的阿吉已經又站起來了。

非但如此，原本看起來已經完全沒有力量可以抵抗的阿吉，這一次爬起來的模樣，讓大家眼睛為之一亮。

只見阿吉雙眼不再茫然，而且好像也沒有因為剛剛阿畢的偷襲受到任何的傷。

看到阿吉又再度爬起來，而且好像毫髮無傷的模樣，阿畢的訝異也不在話下。怎麼可能？就算自己刻意避開了阿吉的致命點，阿吉也不應該毫髮無傷才對，至少身上也應該會多幾個洞。

然而這景象似乎不只讓眾人驚訝，就連阿吉自己也覺得不可思議。

阿吉看著自己的手，臉上也寫著訝異。

當然，對於自己身上的變化，阿吉比任何人都還要清楚。

就好像跳下斷崖，永遠無法回頭一樣，人生有些線是不能逾越的。

而就在剛剛，阿吉非常清楚，自己已經逾越了那條線。

真祖召喚……一個玉石俱焚的絕招，想不到自己還是用了。

就在剛剛被阿畢偷襲的同時，阿吉感覺到一股力量，從天靈蓋源源不絕地淋了下來。

阿吉很清楚，自己照師父所說的方法去做真的成功了。

此刻的祖師爺已經上路，正在途中，換句話說，自己已經是祖師鍾馗即將駕臨人世間的假金身。

既然這樣，自己此刻根本就算是不死之身，因為真祖要來了，準備當成容器的肉身當然不可能在這時候被消滅。

「有什麼遺言嗎？」阿吉冷冷地對阿畢問道。

「啊？」阿畢一臉不屑地說：「你是昏頭了嗎？」

阿畢話都沒有說完，阿吉突然向前一動，竟然轉眼就在阿畢面前，阿畢嚇了一大跳，整個人狼狽地向後一連退了好幾步。

對於阿吉這宛如鬼魅般的速度，阿畢訝異不已。

「你──」

然而，阿畢話都還來不及說出口，阿吉竟然又向前一動，繞過阿畢到了他的身後。

此時不只有阿畢，就連在場所有人都被阿吉這驚人的速度給嚇傻了。

阿畢終究還是在這群人之中，最具有威力的人，雖然還是驚魂未定，不知道阿吉到底怎麼了，但是備感威脅的他，不再多話，立刻朝阿吉一拳打出去就一個逆魁星七式。

原本還以為阿吉會用他那驚人的速度朝旁邊躲開這一拳，豈料阿吉竟不閃不避，用胸口吃下阿畢的這一拳，然後對準了阿畢的臉龐，猛力就是一巴掌打下去。

啪的一聲巨響，幾乎響徹了整座校園。

阿畢原本還以為這一拳打中了，應該可以讓阿吉像頑固老高那樣，背後爆裂開來而身受重傷，沒想到阿吉非但沒事，還賞了自己一個羞辱的大耳光。

阿畢被這一掌打到一連退了好幾步，就連嘴巴裡面的牙齒都感覺似乎被打鬆了，好不容易站穩的阿畢，痛苦地摀著臉，手一放下，竟然留下一個大紅掌在自己的臉頰上。

比起身體上的疼痛與羞辱，更讓阿畢驚訝的還是阿吉此刻的變化。

就在不到三分鐘之前，這傢伙連站都站不穩了，自己明明已經勝券在握，這到底是怎麼一回事？

就在阿畢還訝異著阿吉的變化時，阿吉這邊又有了動作。阿吉再次以飛快的速度，欺近阿畢。

不過這一次阿畢早有準備，眼看阿吉一動，立刻不再有任何保留，使出逆魁星七式朝阿吉進攻。

想不到阿吉身形一閃，瞬間閃到了阿畢的身後，阿畢只覺得背後傳來一陣劇痛。

原來阿吉閃到了阿畢身後之後，手掌朝阿畢的背上一拍，一根釘子穿透了符咒，就這樣插在阿畢的背上。

「嗚哇！」

阿畢一聲哀號，立刻想要伸手去拔背上的那根釘子，但卻赫然發現自己的身子完全動彈不得。

阿吉緩緩地走到了阿畢的面前，沉著臉搖了搖頭說：「搞不清楚狀況的人是你吧？你忘記我師父的稱號，也忘記你們要我來這裡的目的了嗎？」

阿畢臉色鐵青，完全不懂阿吉在說什麼，可是對於現在自己的身體完全不受控制、動彈不得的情況，感覺到無比的恐慌。

「我師父被你們叫做一零八道長，」阿吉冷冷地說：「你們不擇手段把我逼來，不就是為了那『完整』的口訣嗎？那麼你認為，我的口訣裡面有沒有包含怎麼制你的方法呢？」

阿畢聽到阿吉這麼說，雙眼圓睜，很明顯這點他先前一直都沒有想過。在墮入魔道獲得這股逆天的力量之後，阿畢一直認為這世界上沒有任何人可以對付得了自己。

這完全是相信那股力量。

但是他卻完全忘記了，在原始的口訣之中，的確有這麼一個口訣，是專門拿來對付像他這樣墮入魔道的人逆靈。

「先前拿你沒辦法，」阿吉苦笑地說：「完全是我自己不爭氣，能力不足。其實早在跟劉易經交手的時候，我師父就已經完成人逆靈的口訣了。就跟現在的我一樣，凡人不能成為神的金身，當然也不可能真的成魔。我們充其量，不過就只是短暫的借用祂們的力量而已。我們都得為此付出代價。」

阿吉說著，走到了阿畢的背後，看著那根插在阿畢背上的釘子。

「捨其性而逆其心，」阿吉用手指了指釘子說：「你們的弱點，就是在心臟的背面，這就是你們捨棄的人的靈性，最後匯集的場所。不管你的力量有多大，這就是你們身為人無法逃避的地方。劉易經就是知道這一點，當年才會特別把自己的人靈匯聚到戲偶身上。但是你連自己的要害都不知道，這就是你注定要失敗的地方。你已經輸了，你要為你的所作所為付出代價。」

「什、什麼代價？」

「去另一個世界，跟你師父還有梓蓉道歉吧！」

阿吉臉色一沉，凝視著阿畢。

完全動彈不得的阿畢，在墮入魔道之後第一次打從心裡感覺到恐懼，那種恐懼就好像當年突然入滅時，完全無助又恐懼一樣。

「別、別這樣！」阿畢求饒道：「殺了我，那個殺了你師父的天逆魔就會跟著被解放，到時候這裡所有的人，都會死無葬身之地。除了我，沒人可以壓得住它了！」

「這……不是你這個已死之人需要擔心的事情。」阿吉臉上蒙上一股殺氣說：「這就是你入魔與做出這些毫無人性的惡行，所需要付出的代價。兄弟啊，在地獄洗滌你的罪惡吧，讓我為你送行！」

「不！」阿畢不死心地繼續叫道：「兄弟！不要這樣！」

阿吉完全不受影響，在地上撒了一把硃砂之後，用手指著阿畢斥道：「你那麼想要新口訣，那麼你給我聽清楚了，這就是滅你的新口訣。阿畢！不！人逆靈！這就是你的名！」

聽到阿吉這麼說，阿畢整張臉都白了。

阿吉用右手在自己左手手掌寫了些東西，並且開始斥道：「人墮妖道逆天行，天顯神蹟降極刑，人逆靈，這是給你的天譴煞！孽！」

阿吉左掌重重地打在阿畢身上，阿畢被這一掌打到整個人縮成一團，接著頭一仰，從嘴巴吐出了大口的鮮血。

「這是為了你師父！破！」

阿吉叫道，雙手在胸前一個交叉，原本仰著頭吐著血的阿畢，立刻彷彿被人壓下去一樣，整個人雙腳一折，倏地跪下。

「這是為了我師父！斷！」

阿吉將胸前交叉的雙手向外一攤，阿畢的雙手就好像被人抓起來反折，一陣驚心動魄的清脆聲響，立刻傳入所有人的耳中，阿畢的雙手就這樣硬生生被反折斷開。

「最後……這是為了梓蓉的。再見了，兄弟。」

此時的阿畢早就因為劇痛與恐懼而痛苦不已，淚水與血水混雜在一起，模樣十分狼狽，而阿吉的眼眶也紅了。

「殺了我，」阿畢哭喪著說：「天逆魔也會重獲自由，你也難逃一死。」

「那我們就在地獄見吧。」阿吉慘然一笑，高高舉起了手掌，然後朝下一拍。

阿畢瞪大雙眼看著阿吉，阿吉的手向下拍的同時，阿吉的背後還有更加巨大的呂偉道長的手，而在呂偉道長身後，更有一個無比巨大的身影，也同樣揮下祂那巨大的黑掌，一整個鋪天蓋地般地拍了下來。

阿畢就這樣被那巨大的黑掌，整個拍成了一團肉泥。

當然，只有阿畢眼中才能夠看到這樣的異象，其他人只看得到阿畢就跪在那邊，隨著阿吉的手拍下來的同時，阿畢就好像被一個看不見的巨物壓到一樣，整個人向地板一沉，就這樣被擠成一團肉泥。

而就在拍下去的同時，阿吉突然感覺到胸口一悶，仰起頭看著天空，彷彿有一條光芒形成的道路，一路從天空延伸到自己的頭上。

阿吉非常清楚這是怎麼一回事。

祖師的元神真的駕臨了，自己真的完成了師父曾經說過，那個只有自己一個人才會的絕招。

阿吉也非常清楚，這代表著自己很有可能已經注定搭上離開人世間的列車了。

輕則元神受損、精神錯亂；重則一命嗚呼、粉身碎骨，凡人是不可能承受聖尊的降臨，這就是阿吉勢必要付出的代價。

阿吉轉過頭，至少在這最後的一刻，還想要看她一眼。

在遠處，曉潔淚眼矇矓地也正看著自己，兩人在此時此刻終於四目相對。

……再見了。

阿吉想要對曉潔說，但是話還沒說出口，只是微微張開嘴，意識就已經被壓了下去。

阿吉一低頭，曉潔的身影也離開了自己的視線之外。

這一刻終於來臨了。

時隔超過千年，那位偉大的驅魔真君，終於在一個年輕人的召喚之下，重新回到人世間了。

第7章・代價

1

在場幾乎可以說是一片錯愕，所有人臉上的表情都顯得有點複雜，除了驚訝之外，似乎也對阿吉擁有這樣的力量感到震撼。

不愧是呂偉道長的弟子。

果然不是一個可以輕忽的對象。

這就是擁有完整口訣的人，所呈現出來的力量嗎？

邪終究還是不能勝正？

墮入魔道擁有逆天之力的阿畢，還是無法贏過阿吉？

隨著觀點與角度的不同，所有人呈現在臉上的表情都不太一樣，唯一共通的只有驚訝。

在這一片驚訝之情中，有一個男人卻有著渾然不同的表情，那個人正是新任鍾馗派的總掌門，也是在場中最位高權重的一位，光道長。

親眼看著阿吉打敗了阿畢，光道長的嘴角浮現出一抹微笑，因為這對光道長來說，是最美麗的結局。

光道長的人生，一直都很不幸，至少他自己是這麼認為的。

在被師父收為弟子之後，光道長曾經有過一段短暫的人生巔峰，一直到師父又收了另外一個才華洋溢的弟子呂偉，人生才正式急轉直下，命運的齒輪從此就好像永遠都少一塊一樣。

在呂偉還沒出現之前，他不管做什麼，總都可以成為眾人的目光，但是在呂偉出現之後，不管他怎麼表現，都好像在太陽底下的一點燭光，沒人會注意他的存在。

這樣的情況，一直持續到呂偉死亡都不曾改變過，他永遠都是那個偉大的呂偉道長的師兄，如此而已。

好不容易等到那個該死的師弟死了，光道長也終於重新嚐到了回到鎂光燈下的感受。

然而，台下的觀眾注意力卻沒有在他身上，他們總是側著頭，看著那個遠離鎂光燈的地方。

因為在那裡，有著呂偉道長的弟子住在他那間傳奇的廟宇之中。

他們總期待著這個弟子可以帶領他們，走出一條嶄新的道路。

光道長這才終於知道，自己的師弟就好像陰魂不散的怨靈般，即便到了死後，還是擋在他的路上。

就在光道長苦無計策可以搬開這顆礙腳的石頭時，阿吉自己自投羅網，找上了光道長，告訴他自己決定放棄道士之路，要去當高中老師，而且目標竟然還鎖定了跟光道長頗有淵源的J女中。

當然，光道長跟J女中很有關係這件事情，阿吉並不知道，會來告訴光道長，也是因為尊重他是自己的師伯，加上又是北派當時實際上的掌門。

光道長聽了之後當然大力支持，因為這無疑就是阿吉自廢武功，而且為了確保這顆礙腳石會永遠被困在那個他自己自願走進去的牢獄之中，光道長毫不猶豫地動用了自己的人脈，尤其是J女中對他來說，一點也不費吹灰之力，因為J女中的董事長與校長，都是自己忠誠又長久的信徒。

因此在光道長的極力安排之下，阿吉順利地進入了J女中。

對阿吉來說，這是夢想的實現，而且在J女中之中，阿吉也不知道為什麼，自己不管提出任何提案，都會立刻被校方接受。

如果不是因為阿吉本身刻意要低調，阿吉可能可以擁有更多在J女中的特權。

在阿吉成為J女中的教師之後，對光道長來說，的確是少了一個阻礙，但是距離光道長的目標，還是非常遙遠。

即便少了阿吉這個對手，其他三派也不太服他，尤其是南派的阿畢，聲望更是越來越高，甚至有點超越了自己。

但是幸運的女神終究還是站在光道長這邊，阿畢親自上門，跟自己談合作的事情。

當然光道長對於阿畢與阿吉之間的恩怨情仇、愛恨糾葛並沒有興趣，更不可能了解。

但是在聽完阿畢的計畫之後，就連光道長也覺得這件事情非常可行。

兩人之間的合作完全只有利益結合，阿畢這邊願意幫忙對付阿吉與其他可能的麻煩，光道長則負責動用人脈，完成一切的佈局。

兩人等於是力量與權力的結合，一切只為了一個目的，這個目的也是所有鍾馗派的道士們，願意呼應光道長與阿畢的原因。

那就是睽違千年的完整口訣，以及終結千年的分裂，讓鍾馗派再度成為一個完整的門派。

這兩點根本就是每個鍾馗派道士夢寐以求的事情，因此，眾人很快就接受了阿畢與光道長的號召，開始聚集在同一個旗幟之下。

為了這個遠大的目標，他們願意放棄歧見。

為了這個遠大的目標，他們願意捨棄自我。

為了這個遠大的目標，他們願意蒙蔽良心。

為了這個遠大的目標，他們願意不擇手段。

雖然與原本預期的不一樣，但事情至此，光道長認為結局甚至比自己想的還要好。

畢竟，在解決了阿吉之後，光道長還有一堆問題需要解決。

尤其是光道長自己也沒有把握可以壓得住阿畢，這個真正鍾馗派的總掌門大位，光道長還不知道自己可以坐多久。

但是這一戰，阿吉與阿畢幫光道長處理完了所有問題，他已經完全不需要擔心阿畢會不會篡位了。

而在打倒阿畢之後，阿吉似乎也已經用盡了所有的力量，一直站在場中沒有半點動作。靠著請祖師好不容易打倒阿畢的阿吉，在看起來祖師似乎已經退駕的現在，很可能是任何人都可以打倒的對象了。

當然如果他還要抵抗，光道長會毅然決然讓從阿畢身上解放的天逆魔去對付他，然後自己再想辦法收拾殘局。

對光道長來說，口訣永遠都是次要的，更何況他們還有那女學生，在那之後他們大可以慢慢逼問那個女學生，能夠問到多少口訣是多少，最主要是只要能讓下面服氣，對光道長來說就已經非常足夠了。

因為這一切對光道長來說，只是為了得到權力所必須要的手段。

陳永以一直都站在光道長的身邊，身為光道長的大弟子，他非常清楚眼前這情況對光道長或者是自己來說，都是最美好的情況。

在光道長與阿畢的合作體制下，為了想要讓各派都接受這樣的安排，因此各派勢必得要有些犧牲。

就北派來說，既然由光道長出任了總掌門，那麼副掌門的位置，就必須由西派來出任，而阿畢則握有實權，因此阿畢成為次任總掌門的呼聲也比任何人都高。

在這樣的安排之下，北派最被犧牲的人就屬陳永以了。

身為光道長的大弟子，原本有希望可以接任光道長成為北派的掌門，誰知道在這樣的情況之下，他只能跟東派那些弟子平起平坐，屈就於阿畢底下的四大護法之一。

然而這一切很可能在今天就有了巨大的改變。

在這個阿畢已經被阿吉打倒，而阿吉又處於吹彈可破的局面之下，如果自己可以立下活抓阿吉的這個戰功，那麼他絕對可以名正言順地繼任為總護法。

因此陳永以立刻看向自己的師父，此刻光道長也正好望著他。

不需要言語，只要眼神溝通，兩人立刻了解彼此的想法。

畢竟兩人成為師徒的時間，比阿吉與呂偉道長還要久。

有了師父的允許之後，陳永以立刻衝到樓下，然後舉起手來，對著大家叫道：「大家一起上吧！把這傢伙拿下！然後得到口訣！重振鍾馗派！」

陳永以叫完之後，立刻朝著中庭的阿吉衝去。

「一人一下都可以幹掉他，」身為掌門的光道長也下令：「丟令旗！」

既然跳鍾馗鬥不贏阿吉，就用車輪戰。

這也是大家一開始就準備好的B方案，如果阿畢真的輸了就用人海戰術，一人招一百個天兵天將就有萬人大軍，就算阿吉再神，也不可能對付得了。

在光道長的一聲令下，原本挫敗的鍾馗派，立刻有人開始重整壇桌，準備重振聲勢，重新開壇來對付阿吉。

一切榮耀就這樣唾手可得，只要上前將阿吉給拿下就可以了。

一直到此時此刻，陳永以還是天真的這麼想著。

中庭，阿吉仍然毫無反應，低著頭沒有半點動靜。

陳永以一步一步衝向阿吉，兩人之間的距離也越來越近。

好不容易打贏了阿畢，對方竟然準備用人海戰術，讓曉潔為阿吉又是一陣揪心，此刻看到陳永以一步步朝阿吉衝過去，而阿吉卻沒有半點反應，讓曉潔真的心急到想要衝出去幫阿吉，卻無奈自己被兩個人架著完全動彈不得。

「阿吉——」曉潔大叫。

就好像原本是睡著了被曉潔叫醒一樣，阿吉突然身子一震，有了些反應。

這時陳永以已經來到距離阿吉不到幾步遠的地方，對準了阿吉，用力一躍，朝阿吉跳過去。

就在陳永以朝自己這邊跳過來的同時，阿吉猛然一抬頭。

陳永以一看到阿吉，臉上立刻浮現驚恐的表情。

只見阿吉的臉，此刻完全扭曲變了模樣，臉上的皮膚就好像剛做過拉皮手術，完全跟原本長得不一樣。

雙目圓睜、眉毛上吊，就連嘴角也跟著上揚，整個模樣看起來就十分駭人。

詭異的是，即便模樣十分駭人，陳永以卻對這張臉孔一點也不陌生。

不只陳永以，在場的所有人對這張臉都不陌生。

因為那張臉，看起來就像是在場每個人的祖師爺——鍾馗。

「孽畜！」阿吉口中突然爆出這麼一句，聲音之大甚至讓所有人都不自覺地摀住了耳朵，耳膜傳來一陣陣痛，不過這些比起陳永以來說，要幸運太多了。

首當其衝的陳永以，整個人彷彿被強大的風壓吹開，往反方向一連翻了幾圈之後才重重地摔倒在地上。

可憐的陳永以在地上仰起頭來，整排牙齒也因為這重擊而碎裂開來，滿嘴是血的他還搞不清楚到底發生什麼事情。

「大逆不道！」阿吉怒斥一聲，用手指著陳永以，接著用力在空中握拳斥道：「孽畜！」

阿吉一握拳，陳永以的腦袋竟然瞬間像被人戳破的水球般爆裂開來。

血液腦漿爆散開來，現場立刻變成一片血淋淋的煉獄。

缺少了頭顱的陳永以軀幹，還不停冒著血。

此景實在過於駭人，導致現場幾乎同時陷入了一片混亂。

尖叫呼喊聲不絕於耳，所有人親眼見到陳永以慘死的模樣，紛紛嚇到只差沒有抱在一起發抖。

中庭的阿吉緩緩地仰起頭來，怒目地環視在場的所有人。

「汝等不肖！」阿吉對著眾人怒斥：「大逆不道！死不足惜！」

阿吉將手抬起來，然後擺出了一個在場所有人都非常熟悉的姿勢。

那是……

就連曉潔都一眼就認出來了，那正是開始跳鍾馗的姿勢。

中庭上的阿吉，看樣子似乎就像要跳鍾馗一樣，抬起腳來準備向前踏出七星步。

此時此刻校園裡面的眾道士，幾乎都已經了解到自己似乎闖下了大禍，開始四處竄逃。

而在這一片慌亂之中，中庭祖師鍾馗上身的阿吉，向前踏出了第一步。

阿吉第一步才剛踏下去，轟然一聲巨響，整座校園竟然就好像地震一樣，微微震動了起來。

這是何等神威。

這一震可以說是震醒了在場所有的人，讓原本還愣在原地的道士也開始逃跑，沒有人敢再多停留片刻。

就連曉潔身邊的兩個人，此刻也顧不得自己的任務，轉身便開始想要逃出學校。

可是兩人才剛逃開幾步，就突然停了下來。

曉潔看著兩人，兩人臉上卻都是一臉驚恐地看著自己的雙腳。

兩人的腳就好像黏在地板上一樣動彈不得。

他們用手搬動著自己的腳，但那腳就是完全不受自己控制，連抬都抬不起來。

這樣的情況不只有發生在兩人身上，就連其他人也有相同的情況發生。

原本一片混亂，四處逃竄的景象，瞬間就好像被定格了一樣，所有人都停在原地動彈不得。

在這一片彷彿被人定格的畫面之中，只有一個人仍然行動自如，那個人不是別人，正是在中庭的阿吉，也因此眾人的目光幾乎都停留在阿吉身上。

已經踏出第一步的阿吉，這時緩緩地又再度抬起了腳，對準了第二個方位，狠狠地踩了下去。

「受死吧！不肖子孫！」阿吉的怒吼，伴隨著再一次的震動，幾乎同時向眾人襲來。

接著就聽到了一聲又一聲，真的宛如水球被人戳破的「波！波！」聲，此起彼落地響了起來，只是每一聲都代表著一顆頭顱的爆裂，一條人命的殞落。

就連那兩個原本壓著曉潔的男子，也有著相同的命運。

只見兩人一臉驚恐萬分，用手壓著自己的頭顱，彷彿只要這樣做就可以阻止頭顱的爆裂，但是轉眼之間，波波的兩聲，兩人的頭顱也像陳永以一樣，爆裂開來。

短短不到一分鐘的時間，從混亂到哀號尖叫，最後一切回歸一片死寂。

原本還有超過百人以上的校園，轉眼之間只剩下阿吉與曉潔兩人。

眼看兩個失去頭顱的道士，無力地躺在地上，兀自流著血的屍首，曉潔完全傻眼了。

這才是真正跳鍾馗的威力嗎？

兩步……

只有兩步，就一口氣滅了在場幾乎所有的人。

整座校園，除了自己跟阿吉本身之外，曉潔不知道還有沒有任何生還者。

這到底是……多麼恐怖的情況。

超過一百個人以上，幾乎同時都這樣滅了。

當然阿吉請到了祖師鍾馗的元神下凡，那麼剛剛眾人等於是對神出手，如此大逆不道的行為，就算是被判上死刑，曉潔也可以想像，只是親眼見到又是完全不同的感受。

如果將人生的輪迴展開來看，或許對這些對神動手動腳的惡徒們來說，真正的苦難現在才正要開始，死亡不過只是一張通往地獄的車票。

可是親眼目睹這等天譴，對曉潔來說還是太過於恐怖，以至於她全身都還顫抖不已。

中庭的阿吉，向前走到阿畢已經血肉模糊的那個地方，然後蹲了下來，接著在一片血泥之中，拿起來幾樣東西。

「邪魔歪道！」

阿吉啐了一聲，然後用力一甩，那幾樣東西立刻露出它們原本的面貌，原來那些東西就是鍾馗另外的三寶，法索、符傘與令旗。

阿吉將傘揹在後面，然後將法索與令旗插在自己的腰際，轉過身來逕自朝著曉潔這邊而來。

曉潔不敢逃，只敢站在原地。

阿吉毫不停留地走到了曉潔身邊，然後轉過來看著曉潔。

「跟我來！」阿吉幾乎是用吼的這麼對曉潔說。

曉潔一聽之下雙腿一軟，整個坐倒在地上，阿吉完全沒有等待曉潔重新站起來，轉身便朝樓梯間走去。

曉潔愣了一下，不敢有所違背，掙扎從地上爬起來之後，立刻追了上去。

曉潔低著頭，死命地跟著阿吉。

只見阿吉走的每一步，地上都留有黑色燒焦的腳印，看起來實在非常怵目驚心。

曉潔很恐懼，畢竟她親眼看到了整個鍾馗派的道士都被鍾馗駕臨的阿吉輕輕鬆鬆就解決掉了。

她不知道此刻的阿吉是不是還保有意識，更不知道自己會不會也因為在哪個地方冒瀆了神明，而受到懲罰。

阿吉上到了六樓，然後熟練地一路直直走到了室內體育館門口。

沿路的走廊上，隨處可見那些被打滅掉的鍾馗派道士屍體，這讓曉潔嚇到魂都飛了一半，整個腦海一片空白，完全不知道自己接下來會遇到什麼樣的遭遇。

阿吉在體育館門口停了下來，轉過身來，曉潔也跟著停下來，不敢抬頭看著阿吉，只敢站在原地發抖。

「抬頭，」阿吉仰著頭說：「不用怕。」

曉潔不敢有半點違背，抬起頭來看著阿吉。

此刻的阿吉，面貌仍然變形，有著幾分鍾馗祖師的模樣。

「好不容易重返人間，」阿吉用粗啞的聲音說：「還沒習慣這肉身就得要跟那麼強悍的對手對決，想到就實在讓人興奮啊。哈哈哈哈。」

祖師上身的阿吉笑聲異常響亮，站在一旁的曉潔只覺得自己耳膜陣痛，卻不敢有半點不悅的神色。

「可惜了，這小子。」阿吉看著自己的身體說：「如果這小子還有幸保得住一命，妳有機會見到他的話，幫我告訴他。有他這樣的後人，我……很欣慰。」

就在阿吉這麼說的時候，體育館裡面傳來一陣驚人的吼聲。

「嘖，」阿吉啐了一聲說：「看樣子裡面那傢伙很急躁，好啦，我這個祖師也絕對不能丟臉。畢竟待越久，這小子的身子就越難保全。妳就在這裡等著，絕對不准進來，更不准偷看，這不是一場妳可以觀看的戰鬥！在這裡等著，等到裡面風平浪靜之後才能進來，懂嗎？」

曉潔怯懦地點了點頭，甚至連正眼都不敢看阿吉一眼。

祖師鍾馗上身的阿吉用力一轉，大步走入體育館，然後將門重重地關上。

地板上還兀自留有那個黑色燒焦的腳印。

曉潔發現自己渾身顫抖不已。

這就是……神。

2

體育館的大門關上沒多久，裡面就傳來了一陣驚天動地的笑聲，在笑聲過後，裡面就傳來激烈的撞擊與一堆打鬥的聲音。

體育館的外牆並沒有窗戶，只有在靠近天花板的地方，開了一排細長的天窗，因此站在門外的曉潔，根本沒辦法看到裡面到底發生了什麼事情。

雖然非常擔心阿吉的安危，但是既然鍾馗祖師都已經下令不得進入，曉潔也不敢闖進去，只能懸著一顆心，在外面默默地為阿吉祈禱。

體育館裡面不時傳來聲響，每一聲都讓曉潔的心為之撼動，除了一般的撞擊聲之外，曉潔也不時聽到其間夾雜著不像是人類的嘶吼聲，還有一些聽起來完全不知道是什麼情況之下發出來的聲音。

在空蕩蕩又一片漆黑的走廊上，曉潔只能守在門前，默默地等待著。

就這樣，曉潔在外面等待了一夜，一直到太陽升起之後，裡面突然傳出一聲巨響，在巨響之後，一切歸於平靜，體育館裡面完全靜悄悄。

在門口又等了好一會之後，曉潔才將體育館的門打開。

體育館裡面滿目瘡痍，就連牆壁上都可以看得到大片血跡，除此之外，就連地板上也可以看得出一個又一個坑洞，不過這些都比不上那個天花板上開出來的一個大洞。陽光就從大洞外射了進來，照亮了整間體育館。

可是除了這些滿目瘡痍的痕跡之外，曉潔沒有看到任何身影，沒有阿吉，也沒有那個阿畢口中所說的天逆魔。

在體育館中央的地板上，鍾馗四寶就放在那裡，不管哪一個，都很清楚可以看到被使用過後所留下來的一些痕跡。

寶劍上沾滿了黑色的血液、法索上面還黏著不知道是什麼生物的皮，符傘半開橫躺在地上，就連令旗也一道道插在地板上，就好像真的有軍隊駐紮過一樣。

曉潔將整間體育館搜過一遍又一遍，再三確定過阿吉的確不在任何一個角落之後，才將鍾馗四寶撿起來，然後哭著回到了么洞八廟。

曉潔非常清楚，這恐怕代表著阿吉凶多吉少了。

畢竟，體育館就只有一扇前門跟一扇後門，兩扇門都在曉潔的視線範圍，如果阿吉真的在這期間走出體育館，曉潔不可能不知道。

因此，阿吉很可能真的像他自己所說的一樣，連肉身都沒有辦法保有，最後整個消逝了。

雖然曉潔完全不願意接受這樣的結果，但是仍然一路哭得唏哩嘩啦地回到了么洞八廟。

何嬤一夜沒有闔眼，就一直守在大殿之前，如果回來的是阿吉，她臉上會浮現笑臉，但如果回來的不是阿吉，而是其他道長，她會用性命跟他們拚了，雖然不見得可以改變什麼，但至少也算是與廟共生死，然而最後回來的，卻都不是何嬤所預期的人。

當然看到曉潔落魄捧著鍾馗四寶哭著回來的模樣，不需要多做解釋，何嬤也大概知道發生什麼事情了。

何嬤紅了眼眶，在這間廟宇服務那麼久的她，比任何人都了解這座廟的主人，不管是前任還是後任，都給人相同的感覺。

他們總是這樣，不顧自身安危地出去跟妖魔鬼怪決一死戰，然後有一天就永遠不會再回來了。

兩人抱在一起哭了好一陣子，然後照著阿吉所說的，何嬤將那封信拿了出來，交給了曉潔。

3

葉曉潔：

如果妳看到這封信，那麼多半是因為我已經使用了最後的壓箱寶絕招——真祖召喚。

當然，在用這個壓箱寶之前，我也非常清楚，以區區凡人之軀，卻要召喚真神之元神，代價有多大。

我就算不死，人應該也算廢了。

所以我留下這一封信，希望將一些事情交代給妳，也把這整起事件的始末，大概解釋給妳聽，讓妳知道這一切到底是怎麼一回事。

雖然我之前也有大致跟妳說過一些，不過當時因為想到什麼就講什麼，所以有些缺漏的地方，現在也算是幫妳補足。

多年以前，早在我師父還沒被稱為一零八道長之前，他一直有個心願，就是補齊所有的口訣，讓我們鍾馗派的道士們，不再被這些口訣所苦，更不需要分成四派，彼此勾心鬥角。

而在經過了多年的努力之後，我師父的夢想完成了一半，他的確對付完全部一百零八種的靈體，也將那些殘破不堪的口訣修補完成，只是另外一半的心願，他卻永遠也達成不了了。

我師父的夢想，除了他自己之外，一共只有兩個人知道，一個是我，另外一個就是劉易經。

他們兩個曾經感情非常要好，推心置腹，就好像我跟阿畢一樣，但不管是他還是阿畢，最後都墮入了魔道。

一直到我師父臨終，他還是堅持相信劉易經是為了讓他完成那另一半的夢想，才會刻意墮入魔道。

在經過易經之禍之後，我師父認為自己是錯的，天真地想要把口訣補足，然後公開給大家，這根本是件非常危險的事情。有了劉易經的案例，師父他認為如果就這樣隨便公開，很可能會再創造出另外一個劉易經。

劉易經讓我師父知道，這些口訣一旦遭人濫用，會產生多嚴重的後果。因此到最後，雖然順利補足了口訣，但是我師父卻決定不公開口訣。

因為劉易經真的徹底讓我師父不再天真的相信，公布口訣是個正確的決定，但即便如此，我卻還是依舊天真，所以當妳讀到這封信的時候，我想我也為此付出了代價。

正因為當時的我還是天真地認為師父不該為了一個劉易經，就徹底改變自己的路，因此我跟他大吵一架，為的就是口訣要不要公開。

當我知道阿畢，似乎也跟這起事件有關的時候，我大概可以體會師父當時的心情。

但是當時的我，還是跟我師父有了一番爭執。

我與我師父最後達成了和解與共識，那就是十年的約定。

只要經過十年，一切風平浪靜，沒人上門來跟我要口訣，也沒人想要爭奪么洞八廟的情況之下，我就會以師父的名義，召開道士大會將口訣公開。

在寫這封信的當下，這個十年之約還差五年。

當時在十年之約裡面，我也答應過師父，如果他們動手了，我將寧死不屈，絕對不會把口訣公開。

當然當妳看到這封信的時候，我想結果多半應該就是這條路了。

對我來說，如果真要說有什麼遺念的話，就只有這座廟與那些我教給妳的口訣了。

這間廟不管如何，都不能落入到他們的手裡。

因為這裡是我最尊敬的男人最後棲身的地方，我不能讓他們佔領這個地方，可是，我的時間有限，因此經過了再三考慮之後，我只能把它託付給妳。

我知道對妳一個高中生來說，這樣的負擔可能真的太過於沉重，但是我相信妳一定可以做到，妳也只需要盡妳可能去做到，這樣就夠了。

我或許不是一個好弟子，更不是一個好老師，但是看在我曾經救過妳一命的份上，除了顧好這間廟宇之外，我只期許妳做一件事情。

那也是我的另外一個牽掛，就是希望妳可以找到一個值得信賴的人，將我師父的口訣傳下去，就像我把它傳給妳一樣。

從妳能夠看出我的本性，因此一直黏在我身邊這點，我就知道妳的眼光是值得信任的。

（「並不是這樣……」曉潔哭著吐槽道。）

憑妳那出色的眼光，妳一定可以找到適合的人將口訣傳下去，我相信妳。

唉，其實除了這兩個遺念之外，還有另外一個遺念，就是……我還是好想再看妳穿一次兔女郎裝啊！！！

阿吉絕筆

「什麼東西啦！」

看到最後一句，曉潔再也忍不住，痛哭哀號了起來。

不管曉潔有多麼不願意接受，其他人有多麼不捨，似乎都無法改變這場命運。

這就是真祖召喚的代價。

不管任何人，都必須為自己的所作所為付出代價。

頑固老高、光道長、阿吉、阿畢、高梓蓉、呂偉道長，還有那些鍾馗派的道士，都是如此，無一例外。

這——就是人生。

每個人都得為自己的所作所為、選擇的路，付出屬於自己的代價。

在這短短五年的時間裡，這座享譽天下的著名廟宇，被人尊稱為「一零八廟」的鍾馗派北派大本營，第二次……失去了它的主人。

尾聲

1

在Ｊ女中決戰過後一年多的某個初秋。

么洞八廟，清晨五點。

曉潔緩緩地張開眼睛，從睡夢中清醒了過來，與此同時，鬧鐘也跟著發出了清脆的響聲。

規律的生活讓曉潔幾乎不需要靠著鬧鐘，自己也能一日復一日準確的在這個時間點醒過來。

曉潔俐落地起身，並且立刻開始這一年多以來，每天幾乎都會重複的動作。

曉潔開始背誦著那些阿吉教給她的口訣，照著每天的日子不同，複習的段落也不一樣，今天是星期一，因此輪到了背誦「低階靈體」的口訣。

所謂的低階靈體，就是指十二種類中的「縛、魅、屍、惑」這四種靈體。

曉潔一邊背著口訣，一邊開始準備今天開學會用到的東西。

今天是大學開學第一天，在經過一年的奮戰之後，曉潔終於如願考上了Ｃ大的中文系，因此曉潔的心情有點振奮，導致手忙腳亂之下，做完早課的時間比平常還要遲了一些。好不容易整理完東西，換好衣服之後，曉潔匆匆忙忙地跑到了二樓。

在一年多前，這裡原本是紀念一位偉大道長的生命紀念館，在一年多後的今天，前面同樣是紀念這位偉大道長的生命紀念館，只是在後面原本是倉庫的小房間裡面，在曉潔的精心佈置之下，又有了另外一間小小的紀念館。

曉潔將生命紀念館的門打開，然後穿過了前半部的生命紀念館，來到了後面那間原本是倉庫的小房間。

小房間裡面擺了許許多多阿吉曾經用過的東西，其中當然也包括那件光彩奪目的金色道袍，以及那尊已經成為傳說的戲偶「刀疤鍾馗」。只不過這件金色道袍是備用的，阿吉當時穿在身上的那一件，已經隨著阿吉一起消失了。

房間裡面並沒有任何阿吉的相片，因為在成年之後，阿吉就不喜歡拍照，因此就連何嬤都找不到半張照片，至於如果是比較年輕的照片，前面的紀念館其實都有，因此也沒有特別放進來的必要。

桌上放著的，是一副黑色厚重的眼鏡，那是阿吉在成為洪老師之後，一定會戴上的特製黑框眼鏡。

即便有了這間紀念館，曉潔也堅決不讓何嬤清出阿吉的房間，一直到現在，阿吉的房間還是維持他生前的模樣，曉潔如果在這邊過夜的時候，都是住在阿吉隔壁的那間房間。

看著這間房間，許多回憶浮現在曉潔的腦海之中，即便事情已經過了一年多，但是曉潔卻覺得那個學期發生的事情，一直清楚地烙印在自己的心裡。

摸著阿吉的那副眼鏡，曉潔感覺自己的眼睛有點酸澀。

曉潔從包包裡面拿出一封信，然後將它放在眼鏡旁邊。

那是一封曉潔昨天才寫好的信，是給阿吉的回信。

信的內容是——

阿吉：

老師……不……師父……不，阿吉，我想我還是叫你阿吉比較習慣。

你現在過得好嗎？對不起，一直到現在，我都還是無法相信你已經離開人世了。

何嬤跟我說這樣不好，我應該要學會放手，這樣你會比較好走。但是，我不想要這樣，就算我知道或許在未來的人生裡面，我將永遠無法見到你，我還是願意想像著你在某個不知名的角落，過著屬於你自己的生活。

或許只有這麼想，我心裡才不會那麼痛苦。

當然，我知道你最掛心的，肯定是教給我的那些口訣吧？

你放心好了，你教給我的口訣，我每天都有按照進度複誦，絕對不會再讓它有任何缺失。

除了口訣之外，不管是魁星七式還是操偶，我也每天都很認真練習，雖然到現在為止，還維持在你看了可能還是會搖頭的階段，但是我有明顯地感覺自己真的有點進步了。

對我來說，最難的恐怕還是操偶，說起來還真是丟臉，你這個操偶神話的弟子，操偶竟然如此蹩腳，一定讓你覺得很丟臉吧？不過我已經盡可能每天練習了，還練習到手上都長繭了，但是我覺得還是很糟糕。

不過，你自創的操偶口訣，我也背下來了，每天在操偶的時候，也會跟著口訣一起動，雖然大部分還是沒辦法真的隨心所欲，可能我真的沒有天分吧？不過在找到合適的繼承人之前，我一定會一直練習下去。

所以請你放心，即便這輩子我再也見不到你，我也不會因此鬆懈，一定會讓這座廟與你們留下來的口訣傳承下去。

……

信裡面寫的都是曉潔此時此刻最想要告訴阿吉的話。

曉潔看了看手錶，臉上立刻浮現出「不妙了」的表情。

她匆忙跑出紀念館，才剛下到一樓，就聽到有人叫著自己的名字。

「曉潔！」

曉潔轉過頭去，一個熟悉的身影出現在自己的眼前。

那是一個中年婦女，正從廣場朝曉潔這邊跑過來，曉潔沒辦法就這樣跑掉，只能一臉無奈地站在原地等著中年婦女跑過來。

那中年婦女跑過來之後，抓住曉潔的肩膀說道：「乖女兒啊，爸媽知道錯了，說什麼也不應該把妳一個人留在台灣。對不起啦，拜託妳跟我們回家好不好？媽已經辭職了，妳爸也再過幾年就要退休了，我們絕對不會再長期旅居國外而忽略妳了，所以聽媽的話，回家好不好？」

「唉唷，」曉潔苦著一張臉說：「媽，我還是很常回家啊，我也不是每天都住在這裡啊。畢竟這裡現在是我負責的地方，我對這邊還是有責任在啊。」

「這媽知道，」曉潔媽媽哭喪著臉說：「可是，我們家不是信這個的，妳就不能把這廟賣掉嗎？妳知道媽常去的那間教會的郭神父一直跟我說想要見見妳，乖女兒啊，聽媽一次，跟媽一起去好嗎？」

「吼，」曉潔搖搖頭說：「我不可能賣掉這間廟啦，畢竟阿……師父在最後把這間廟交給我了，我不能辜負他的期望。至於神父那邊嘛，我就不去了，因為我已經找到自己的信仰了。放心啦，我知道自己在幹嘛。」

「不是啊……」

曉潔媽媽正準備繼續說服曉潔，可是話還沒說出口，曉潔已經看到手錶上的時間叫了出來。

「啊！」曉潔叫道：「我要遲到了，好，就這樣囉，掰掰！」

曉潔說完匆匆忙忙地朝大門跑去，留下一臉無奈的曉潔媽媽在原地，剛好與從廟裡面走出來的何嬤面對面。

兩人都是一臉尷尬，完全不知道該怎麼面對對方的感覺。

曉潔一鼓作氣跑到了么洞八廟的廟口，突然停下了腳步，回頭看了一眼么洞八廟。

即便自己已經繼承了這座廟，也算是鍾馗派的正式傳人了，而且恐怕還是鍾馗派目前僅存的唯一一個傳人，不過曉潔還是難以相信這一切。

那個與阿吉一起共度的學期，將永遠留在她的回憶之中，如此而已。

她很懷疑自己未來還會跟這些妖魔鬼怪扯上任何關係，不過就像那封給阿吉的信裡面所提到的，她還是會想辦法找到一個人，將口訣傳承下去。

告別了高中生活，也彷彿告別了自己一段離奇的人生旅程，雖然有點依依不捨，但是她可不想要再遇到那些恐怖的事情了。

一切都會不同，帶著充滿對未來的憧憬與對過去的懷念，天空是一片蔚藍，曉潔深呼吸一口氣，邁開了腳步踏出么洞八廟，準備朝位於山上的那間大學而去。

只是曉潔作夢也想不到，才開學沒幾天，就惹到了一個文青到不行的直屬學長，而且，還有更多更多可以讓她有機會好好實踐那些口訣的機會。

不過當然……這又是另外一個故事了。

後記

大家好，我是龍雲，非常高興又在這裡跟大家見面。

到這裡為止，《驅魔教師》系列也到了尾聲，非常感謝大家的支持。

這次來揭穿一下阿吉的真實身分。

事實上，阿吉的雛形是來自於我國二、國三的導師。

教理化的他，在學校完全不苟言笑，對我們非常嚴格，上課也非常枯燥。

還有另外一點就是打人非常大力，他揮起藤條的時候，連相隔數間教室遠的別班都可以聽到藤條聲，聽到藤條聲的其他班同學，下課之後就會擠到我們班來嘲笑我們又被打了。

不過這樣的班導卻在另外一個地方有著完全不同的面貌。

那時候的他有在補習班兼職，我們班有很多人都有去上他的補習班，就是在那樣的環境之下，我們看到了另外一面的班導。

開朗有活力，充滿陽光朝氣，最重要的是，上課活潑生動，還會穿插各種笑話，只差沒變魔術而已。

多年後，在我腦海中構思著阿吉的時候，就是想到當年的景象。

當然就跟我在一開始所說的一樣，這個系列是出於懷念當時港產恐怖片才產生的，很感謝大家一路支持著這個作品，也希望大家會喜歡這個系列，那麼我們下一次再見。

龍雲

龍雲作品 06

驅魔教師 06：傳承

國家圖書館出版品預行編目資料

驅魔教師06：傳承 ／ 龍雲 著.
一 初版. 一 臺北市：春天出版國際，2015. 10
面；　公分. 一（龍雲作品；06）
ISBN 978-986-5706-88-3（平裝）
857.7　　104017876

ISBN 978-986-5706-88-3
Printed in Taiwan

作者　龍雲
封面繪圖　B.c.N.y.
總編輯　莊宜勳
主編　鍾靈
責任編輯　黃郁潔
美術設計　三石設計

出版者　春天出版國際文化有限公司
地址　台北市信義區信義路四段458號3樓
電話　02-7718-0898
傳真　02-7718-2388
E-mail　story@bookspring.com.tw
網址　http://www.bookspring.com.tw
部落格　http://blog.pixnet.net/bookspring
郵政帳號　19705538
戶名　春天出版國際文化有限公司
法律顧問　蕭顯忠律師事務所
出版日期　二〇一五年十月初版
定價　170元

總經銷　楨德圖書事業有限公司
地址　新北市新店區寶興路45巷6弄6號5樓
電話　02-8919-3186
傳真　02-8914-5524

龍雲
作品

龍雲
作品

龍雲
作品

龍雲
作品